VAGUE À L'ÂME

MISTER FÉVRIER

J. KENNER

AUTEURE DE BEST-SELLERS CLASSÉS AU NEW YORK TIMES

L'HOMME DU MOIS

Qui sera votre Homme du mois ?

Lorsqu'un groupe d'amis à la détermination farouche apprend que son bar préféré risque de fermer ses portes, ils prennent les choses en mains pour faire revenir les clients séduits par la concurrence. Investis d'une énergie vibrante, ils ripostent sous la forme d'épaules larges, de tablettes de chocolat et de torses nus : ceux d'une douzaine d'hommes du coin qu'ils tentent de convaincre, par la douceur et par la force, de participer au concours de l'Homme du mois pour leur grand calendrier.

Mais le sort de leur bar n'est pas le seul enjeu. Au fur et à mesure que la température monte, chacun des hommes va rencontrer sa moitié dans cette série de douze romances sexy et légères que vous ne pourrez pas lâcher jusqu'à la dernière page, sous la plume de J. Kenner, auteure de best-sellers classés par le New York Times.

— Chacun de ces tomes aborde une intrigue qu'on adore retrouver dans les romances – la belle et la bête, le bad boy

milliardaire, l'amitié transformée en amour, l'histoire de la seconde chance, le bébé secret et bien plus encore – pour une série qui touche au cœur et à l'âme de la romance. — Carly Phillips, auteure de best-sellers classés par le New York Times

Ne manquez aucun tome de la série pour savoir à quel homme du mois ira votre préférence !

Droit au cœur - Mister Janvier

Vague à l'âme - Mister Février

Raison d'être - Mister Mars

Coup de sang - Mister Avril

État d'âme - Mister Mai

Droit au but - Mister Juin

Au beau fixe - Mister Juillet

Diable au corps - Mister Août

Cri du cœur - Mister Septembre

Corps à corps - Mister Octobre

État d'esprit - Mister Novembre

Force d'âme... - Mister Décembre

Chaque tome de la série est un roman indépendant qui ne laisse pas le lecteur sur sa faim et se termine toujours bien !

VAGUE À L'ÂME

— MISTER FÉVRIER —

J. KENNER

AUTEURE DE BEST-SELLERS CLASSÉS AU NEW YORK TIMES

Traduit de l'anglais par Catherine Tessier pour Valentin Translation

UN

Spencer Dean arrêta son Harley-Davidson devant l'allée qui menait au manoir Drysdale délabré, à Austin. Il avait hérité de la bécane de Richie, un classique de la Seconde Guerre mondiale, bien que le terme *héritage* ne soit pas vraiment approprié. Richie n'était pas mort, après tout. Seulement parti.

Il était parti depuis presque quinze ans maintenant, et Spencer avait accepté depuis longtemps le fait que son frère ne reviendrait pas. Toutes les personnes qu'il aimait s'en allaient pour ne jamais revenir. Elles tournaient toujours mal.

Avec un grognement agacé à cause de ses pensées larmoyantes, il éteignit le moteur, descendit et franchit la courte distance de l'allée pavée qui conduisait au portail. Il était fermé à clé, bien sûr, le boîtier sécurisé de l'agent immobilier pendait sur la grille en fer forgé.

Spencer hésita, la tête penchée pour admirer toute la majesté de la bâtisse. Ou plutôt, pour visualiser la majesté restaurée qu'il pourrait donner à cette maison de 1876.

Pendant des générations, elle avait été la résidence de la famille Drysdale, des personnes influentes de la politique d'Austin. Située au bout d'une rue célèbre, à quelques kilomètres du Capitole, la maison de mille deux cents mètres carrés était une représentation époustouflante de l'architecture du Second Empire.

Henry Drysdale avait supervisé sa construction lui-même, déterminé à bâtir la maison parfaite pour sa jeune épouse. Du point de vue de Spencer, il avait brillamment réussi, et la famille Drysdale avait occupé la demeure jusque dans les années 1970, lorsqu'un membre de la famille avait vendu la propriété à une petite entreprise hôtelière pour en faire des chambres d'hôte de standing. L'entreprise avait fait faillite et la maison était tombée en décrépitude. Depuis, elle avait changé de main une douzaine de fois, mais aucun de ses propriétaires n'avait investi de l'argent pour lui rendre sa grandeur.

Maintenant, elle offrait un triste mélange de réparations et de dégâts, de restaurations ratées et d'étranges décisions. Spencer voulait changer tout cela. Il avait voulu redonner de la vie à cet endroit depuis que Richie et lui étaient entrés par effraction, un jour, alors que Spencer avait seulement dix ans. Il avait passé des heures – non, des jours – à explorer cette demeure en déclin. Tant qu'il était entre ces murs, tout le reste disparaissait. Il s'agissait seulement de Spencer et Richie, sans l'influence des Huit Rouges qui incitaient son grand frère à glisser dans le monde des gangs contre lequel leur père avait tant essayé de les protéger.

Spencer avait quinze lorsque Richie avait été arrêté, et même après son départ, il avait continué de venir ici, s'y infiltrant comme un voleur dans la nuit. C'était son jardin secret. Un sanctuaire. Avant Brooke, il n'y avait jamais invité qui que ce soit.

Ils avaient fait l'amour pour la première fois dans cette maison. Avec des chandelles derrière les fenêtres barricadées, d'épaisses couvertures pour les pique-niques sur le sol. Il était totalement fou amoureux d'elle. Son intelligence et son ambition l'emplissaient d'humilité. Son corps l'excitait. Ses douces courbes et la manière dont elle se donnait à lui avec un tel abandon confiant.

Il avait nettoyé les nids et les débris dans l'une des cheminées et ils y avaient fait un feu lors d'une nuit d'hiver, risquant par amour de se faire pincer. Ses cheveux d'or brillaient à la lueur du feu, et lorsqu'elle avait lentement retiré sa robe, se retrouvant nue devant lui tout en lui faisant signe d'approcher, il s'était dit qu'aucun homme sur terre n'avait jamais été aussi chanceux.

Il n'avait jamais compris pourquoi elle aimait un homme comme lui. À ses yeux, c'était un vrai miracle. Pourtant, c'était le cas. Cette nuit-là, il avait juré que, d'une manière ou d'une autre, il restaurerait cette maison et il ferait cadeau de ce trésor à Brooke. Un manoir égal à sa beauté. Tout comme Henry Drysdale l'avait fait pour la femme qu'il aimait.

Ce rêve, bien sûr, était mort cinq ans plus tôt.

Alors, que faisait-il ici maintenant ?

N'était-ce pas la question du moment ? Il était là parce que cette maison était sa grande baleine blanche, son Moby Dick. Ce qu'il voulait, ce qu'il désirait. La posséder. Lui insuffler la vie à nouveau. Ce faisant, il voulait prouver qu'il méritait d'en être le propriétaire.

Il se tenait à cet endroit précis six mois auparavant. Une semaine après son retour à Austin. Il avait décidé à ce moment-là de mettre son projet à exécution. L'état lamentable de ses finances ne l'arrêterait pas.

Après un coup d'œil furtif derrière lui afin de s'assurer que personne ne le regardait, il sortit son crochet à serrure de type cran d'arrêt que Richie lui avait offert une semaine avant que la police ne l'embarque. Tout bien considéré, Spencer préférerait avoir son frère, mais quand le verrou du portail céda, il dut admettre que les techniques que son frère lui avait apprises s'avéraient pratiques.

Richie était peut-être perturbé, mais il avait toujours soutenu Spencer. C'était lui qui s'était battu pour que le garçon puisse entrer à la Trinity Académie avec une bourse intégrale, le poussant et encourageant leur père à remplir les demandes de candidature et à trouver des recommandations. Il avait appris à Spencer à faire du vélo et à forcer les serrures. Il l'avait aidé à faire la charpente de sa première maison quand il avait tout juste quatorze ans, lui avait montré comment poser des briques. Richie avait toujours été très doué de ses mains.

Dommage que ces mêmes mains aient tenu une arme. Mauvais endroit. Mauvais moment.

Richie avait peut-être raté sa vie, mais il avait toujours été le champion de Spencer. Il le soutenait toujours.

Sauf en ce qui le concernait.

Richie grimaça.

Pendant des années, il avait chassé Brooke Hamlin de son esprit. Ces derniers temps, ces pensées revenaient. Elle était dans sa tête. Il ne semblait pas pouvoir l'en déloger.

C'était à cause de la maison, bien sûr.

Le voilà de nouveau, son esprit débattant sur le pour et le contre de l'acquisition de la propriété.

Envisageait-il d'acheter cet endroit malgré elle ? Ou *pour* elle ? Pour prouver qu'elle le méritait, même si elle ne l'apprenait jamais ?

Non, se dit-il résolument. Il le faisait parce qu'il aimait la maison. Sa structure. Sa nature.

Et bien sûr, les souvenirs qui l'accompagnaient.

En jetant un regard rapide dans la rue, il se glissa à l'intérieur par le portail ouvert, persuadé que personne ne l'avait vu dans la lumière déclinante. La maison était peut-être près du centre-ville, mais c'était la dernière au bout d'une impasse et le portail de l'allée était abrité par un grand chêne.

Il referma le portail derrière lui en se promettant d'huiler les joints quand il en serait propriétaire, puis il suivit le sentier de pierre, traversant le jardin envahi par les mauvaises herbes jusqu'à la porte de la cuisine. Elle était également fermée, mais ici, il n'avait pas besoin de crocheter la serrure. La fenêtre du coin petit-déjeuner avait été barricadée, or il était facile de retirer une planche de l'encadrement, pourri à cause du manque d'entretien et de l'exposition aux intempéries.

Il se glissa à l'intérieur en utilisant son téléphone pour éclairer devant lui. Il s'était tenu à cet endroit précis avec Brooke, la main dans la main pendant que la pluie s'abattait sur le bâtiment et que la lumière des éclairs révélait son doux et innocent sourire.

À cette époque, il pensait que cette jolie image était réelle. Il sut bien assez tôt qu'elle n'était pas innocente du tout.

Qu'elle aille au diable. Et s'il la laissait emplir son esprit, il ne méritait pas mieux.

S'efforçant de l'oublier, il progressa lentement dans la maison, examinant chaque chose avec son œil d'expert. Le parquet rayé et sans éclat. Le chambranle robuste, entaché par de la peinture écaillée, lézardé et fissuré. Le bois couvert de poussière de la rampe d'escalier finement sculptée. Le verre brisé qui jonchait le sol. L'eau avait taché et déformé le parquet. Des fils dénudés pendaient du plafond. Le papier peint qui se décollait révélait des taches brunâtres.

Pendant un moment, il resta là, sur le tapis spongieux, la colère bouillant dans ses veines devant cette majesté que l'on avait laissé flétrir.

Il n'en fallut pas plus. Ce fut le déclencheur. Le moment décisif.

Plus d'hésitations. Plus de considérations.

Peu importe les négociations qu'il faudrait, les promesses qu'il devrait faire, cette maison serait à lui.

Il éteignit l'application lampe torche de son téléphone, puis il appuya sur le bouton pour passer un appel express à son agent.

— Ils sont intéressés, dit Gregory sans préambule.

À l'intérieur, Spencer serrait mentalement les poings. À l'extérieur, il se forçait à rester calme et professionnel.

La veille, il avait demandé à Gregory de tâter le terrain avec Molly et Andy, les cadres qui s'occupaient de son ancienne émission *Chez Spencer*. Après la débâcle avec Brian, son ordure de directeur financier, Spencer avait quitté l'émission, leur laissant suffisamment d'émissions pour terminer la saison, mais refusant d'en enregistrer une nouvelle tant que les choses ne seraient pas claires avec l'enfoiré qui l'avait arnaqué.

C'était il y a un an, et la chaîne ne cessait de le persécuter, lui jurant de passer l'éponge et d'oublier qu'il était en rupture de contrat s'il acceptait de faire une autre émission. Pourtant, l'idée d'une autre saison en face des caméras n'intéressait pas du tout Spencer. Tout ce qu'il voulait, c'était le travail, et Hollywood lui avait retiré ce plaisir.

Spencer n'avait jamais voulu être reconnu au supermarché ni qu'on parle de lui dans les magazines. Il ne voulait pas que ses tragédies personnelles soient partagées sur les réseaux sociaux. Il voulait se laver les mains de tout cela.

Il était allé jusqu'à discuter avec Gregory de ce qu'il faudrait pour racheter la fin de son contrat. Malheureusement pour Spencer, il lui en coûterait l'intégralité de son compte bancaire déjà mis à mal.

Six mois plus tôt, il était revenu à Austin. Le manoir Drysdale avait surgi devant lui, lui faisant promettre de trouver coûte que coûte une solution pour l'acquérir.

La veille, il avait donc appelé Gregory et lui avait résumé l'émission. *Restauration du Manoir*. Les termes étaient simples. Spencer paierait l'hypothèque de la maison, mais l'émission financerait les rénovations.

Ce n'était pas gagné, Spencer le savait. Hier, il était prêt à se détourner du manoir Drysdale si la chaîne lui disait non. Aujourd'hui, en revanche, un rejet lui transpercerait le cœur. Si la chaîne refusait, Spencer ne savait pas comment il s'y prendrait. Tout ce qu'il savait, c'était qu'il devrait trouver un autre moyen d'en devenir propriétaire.

Alors, maintenant, que Gregory lui annonce que la

chaîne était intéressée par la proposition de Spencer, c'était certainement la meilleure nouvelle qu'il ait entendue.

— Ils ont compris que le titre de propriété serait en mon nom ? demanda-t-il. S'ils veulent que je fasse l'émission, ils devront financer les rénovations elles-mêmes ou trouver un sponsor pour le matériel et les outils. Je parle de parquet, tuiles, verre, appareils, plomberie. La totale. Ils ont bien compris ça, hein ?

— Ils l'ont compris, confirma Gregory. Et ils te suivent.

— Mais... ? insista Spencer.

Il connaissait bien son agent et il avait perçu la seconde d'hésitation dans la voix de Gregory.

— Un petit détail, dit ce dernier sur un ton qui suggérait que ce n'était pas un simple détail, au contraire.

— N'essaie pas d'arrondir les angles, Gregory. N'essaie pas de me contrôler ni de me dire ce que je dois penser des exigences débiles de la chaîne.

— Ils te donnent l'émission. Tu auras le titre de propriété de la maison.

Spencer sentit ses entrailles se nouer.

— Mais ?

— Mais ils veulent que *Restauration du Manoir* soit un nouveau contrat.

— Un nouveau contrat ? Je leur dois déjà une émission. Pourquoi pas...

— Parce qu'ils savent déjà quelle émission ils veulent que tu fasses pour eux. Si tu n'es pas d'accord, ils ne te donneront pas le feu vert pour le projet du manoir.

— Je me fous de tout ça, dit Spencer. Persuade-les de changer d'idée.

— Depuis combien de temps est-ce que je travaille pour

toi ? Enfin, Spencer, ne me prends pas pour un abruti. Tu sais bien que j'ai déjà essayé.

Merde.

— Quelle émission ?

— Aucune idée. Je sais seulement que c'est une émission avec une courte saison, à laquelle tu dois participer avec une co-animatrice. Le thème est la rénovation d'un bar du coin. Ça se passe ici, à Austin. C'est plus facile.

— Merde, Gregory. Tu sais ce que je pense de tout ça. Je veux en sortir. Si tu voulais me négocier un contrat d'édition, je te dirais de te faire plaisir. Mais j'en ai fini de faire les joli-cœur à la télévision.

— Alors, sauf si tu as engrangé beaucoup d'argent quelque part, tu peux dire au revoir au Manoir Drysdale.

— Tu me dis que je suis foutu.

Il inspira vivement, frustré.

— Merde, s'exclama Spencer. Tout ce que je veux...

— Je sais ce que tu veux. Je connais ta situation. Tu n'as pas l'argent pour racheter ton contrat. Tu rêves d'une maison qui est un trou à rats, mais qui a un énorme potentiel. Tout ce que tu as à faire pour l'obtenir, c'est une petite saison avec une partenaire. Rien n'est foutu, mon ami. Je vois ça comme une chance.

Spencer ouvrit la bouche pour protester, mais il se ravisa. Ce n'était pas idéal, évidemment, mais Gregory avait peut-être raison. Ça valait peut-être le coup.

— Parle-leur. Ils sont en ville et ils veulent te voir demain. Allez, Spencer. C'est un petit prix à payer.

— D'accord. Je vais leur parler, dit-il. À quel endroit ? Au fait, qui sera la co-animatrice ?

— L'établissement s'appelle *Le Fix*, sur la 6ᵉ Rue.

— Hmm.

— Tu le connais ?

— C'est un bar sympa. J'y suis allé à quelques reprises pour boire un verre, prendre l'apéritif. L'immeuble a une bonne charpente, mais il y a un tas d'améliorations possibles.

— Voilà, tu vois que tu peux y trouver de l'intérêt. Je vais leur dire que tu...

— Qui ? demanda Spencer en insistant sur la syllabe pour montrer l'importance de la question. Est-ce qu'ils t'ont dit avec qui je serai associé ?

— Quelle importance ? Tu en as besoin, Spencer. Si tu veux restaurer le Manoir Drysdale, nous savons tous les deux que c'est le seul moyen.

Des sonnettes d'alarme retentissaient à ses oreilles

— Qui ? répéta-t-il.

— Assiste à la réunion, et...

— Dis-moi avec qui je vais travailler, bordel.

— Brooke Hamlin, dit enfin Gregory, dont la voix était à peine plus qu'un murmure.

Ce nom le transperça avec le tranchant d'une épée, tout aussi mortellement.

— Ils veulent que tu travailles avec Brooke.

DEUX

Brooke Hamlin regarda Jenna Montgomery glisser une mèche de cheveux roux derrière son oreille. Il était plus de vingt-deux heures et les clients affluaient au *Fix*, bar très animé à succès dans le centre-ville d'Austin.

Du moins, c'était ce que Brooke avait toujours supposé. Elle y était venue avec des amis à de nombreuses reprises au cours des dernières années et elle avait toujours trouvé les cocktails fabuleux, la cuisine somptueuse et la musique entraînante.

Puis l'une de ses amies, Amanda, lui avait confié que l'établissement avait des ennuis et qu'il serait intéressant pour Brooke de rencontrer Jenna Montgomery, l'une des partenaires du *Fix*, pour discuter.

À présent, elle était là, et elle s'efforçait de ne pas essuyer ses paumes moites sur sa jupe en soie haute-couture. Au lieu de quoi, elle posa les coudes sur la petite table à deux places, afficha son sourire le plus engageant et se rappela de respirer.

— Je ne sais pas ce qu'Amanda vous a dit, mais nous

donnons une peau neuve au *Fix*, dit Jenna. Nous avons déjà étoffé notre menu et nous faisons passer le mot pour attirer de nouveaux clients.

Brooke hocha la tête, consciente que Jenna ne lui racontait que son côté de l'histoire. D'après ce qu'Amanda lui avait expliqué, *Le Fix* ne cherchait pas seulement à attirer de nouveaux clients. Apparemment, le bar devait faire face à une sérieuse crise financière. L'équipe de management faisait son possible pour le garder prospère, y compris l'organisation du concours de *L'Homme du Mois* pour un calendrier.

Le bar tiendrait des concours en direct toutes les deux semaines et d'ici l'automne, ils auraient douze hommes sexy à mettre dans un calendrier pour être vendus au public. Si tout fonctionnait comme ils le désiraient, le concours attirerait les foules et les revenus grimperaient.

En revanche, s'ils n'y arrivaient pas et que les comptes ne revenaient pas dans le vert d'ici la fin de l'année, alors le bar fermerait ses portes et Austin perdrait un établissement aimé de tous. Un lieu d'échange et de rencontres avec de bons cocktails, des concerts et une belle couleur locale.

Pire encore, les propriétaires perdraient leur rêve.

Ça, c'était une peur que Brooke connaissait bien. Au fur et à mesure que Jenna et elle discutaient des détails, Brooke était de plus en plus convaincue que *Le Fix* et elle pourraient s'entraider et que Jenna ne partirait pas en courant lorsqu'elle lui expliquerait le plan qu'elle avait concocté. Un plan qui impliquerait que *Le Fix* soit la pièce maîtresse d'une émission de télé-réalité de rénovation. Une émission que Brooke avait déjà mise en avant malgré un infime détail : elle n'avait pas encore la permission du bar.

Malgré tout, elle était prête à se prosterner et à supplier si c'était nécessaire pour convaincre Jenna. Avec de la chance, ce ne serait pas nécessaire. Une fois que tout serait exposé devant elle, Jenna verrait certainement à quel point cette émission serait parfaite. À la fois pour *Le Fix* et pour Brooke.

L'émission lui était pratiquement tombée dessus. Pour elle, c'était une amulette magique qui avait le pouvoir de changer radicalement sa vie. Ou pour être plus précise, de justifier ses choix. De prouver à son avocat de père et à sa mère chirurgienne qu'elle savait ce qu'elle faisait et qu'elle était capable de mener sa propre vie.

Elle avait abandonné l'école de médecine après la première année parce qu'elle en avait eu assez. Elle n'en pouvait plus et elle était fatiguée de s'abandonner aux demandes des autres, décidant de prendre enfin le contrôle de sa propre vie. Merci beaucoup !

Au fond, Brooke avait toujours rêvé de rénover des propriétés, pas de guérir des gens. En grandissant, elle gravitait toujours autour des entreprises de promotion immobilière de son grand-père et de son oncle plutôt que de s'intéresser aux carrières de ses parents. Une réalité qu'ils avaient décidé de corriger, comme si elle passait son temps à s'amuser avec des jouets.

Comme elle avait excellé en sciences à l'université, ils s'étaient fermés à ses protestations. Son père lui avait annoncé qu'elle irait en médecine, qu'il paierait les factures et qu'aucune autre option ne comptait. Ils provenaient d'une famille très en vue, après tout. Les apparences devaient être conservées.

Cela avait été terrible quand elle leur avait tout renvoyé

au visage. Ces paroles venaient de son père, pas d'elle. Elle ne se préoccupait pas le moins du monde de la société d'Austin. De plus, elle ne pouvait vraiment pas devenir médecin si elle ne s'y intéressait pas. Ce ne serait pas juste pour elle. Ce ne serait pas juste pour n'importe quel patient qui trouverait le chemin de son cabinet.

Aujourd'hui, quatre ans après son départ de la *Southwestern Medical School*, elle commençait enfin à faire des profits avec *Réno Boutique*, son entreprise relativement récente spécialisée dans la rénovation de petits commerces ouverts au public. Bars, restaurants, chambres d'hôtes et autres commerces de ce genre. C'était beaucoup de travail, mais ses finances étaient enfin dans le vert et elle se concentrait maintenant sur le développement de sa clientèle.

Le Fix, bien sûr, tenait une grosse part dans ce projet et Brooke se faisait violence pour ne pas croiser les doigts pendant qu'elle expliquait tout cela à Jenna.

— Habituellement, je suis assez chère, admit Brooke après que Jenna lui eut parlé de la limite budgétaire du bar. Par contre, j'ai une proposition à vous faire. Si vous êtes d'accord, cela pourrait être formidable pour nous deux.

Jenna leva les sourcils, s'adossa confortablement et riva ses yeux verts sur Brooke avec attention.

— Amanda a mentionné que vous cherchiez un projet très en vue.

— C'était le cas, dit Brooke. C'est toujours le cas. Pour tout vous dire, *Le Fix* est exactement ce que je recherche.

C'est bien plus que ça, pensa Brooke. C'était un heureux hasard. Pendant des mois, Brooke avait travaillé d'arrache-pied pour être au premier plan et au centre de la communauté, afin de figurer en première ligne dès que l'on chercherait à faire appel à ses services.

Ensuite, elle avait appris que la chaîne de télévision, *Design et Destinations*, acceptait des propositions pour une émission sur l'immobilier basée à Austin en perspective d'une émission qui serait rapidement diffusée sur les ondes afin de couvrir un trou dans leur programmation. Elle devait avoir un minimum de six épisodes et la date limite pour les propositions arrivait à grands pas.

Une fois son dossier déposé, elle était prête à attendre des semaines, or elle avait reçu un retour dans les vingt-quatre heures. Après un entretien téléphonique intense, elle avait obtenu une invitation pour rencontrer les superviseurs de la chaîne dans une suite de l'hôtel *Driskill*, un lieu historique de la 6e Rue situé à quelques pâtés de maisons du *Fix*.

La réunion lui avait donné le tournis. C'était un rêve devenu réalité, de nature à changer une vie. Parce que si elle arrivait à décrocher une émission de télévision, alors elle serait enfin ancrée dans le métier, et pour de bon. Elle mobiliserait la presse locale, les interviews et le travail.

Plus que ça, l'émission serait nationale, sans compter que le nom reflétait celui de son entreprise, *Réno Boutique*. La publicité serait énorme. Ce qui lui donnerait certainement le pouvoir et les contacts nécessaires pour obtenir des projets de plus grande envergure.

Ainsi peut-être – *peut-être* – que son père cesserait de la regarder comme si elle était un échec.

Cette réunion s'était terminée cinq petites heures plus tôt et les superviseurs avaient dit à Brooke que sa proposition était favorite devant les autres et que la chaîne voulait lui donner le feu vert pour son émission. Ils souhaitaient seulement s'assurer que deux conditions mineures soient respectées.

Le problème, c'était que les conditions n'avaient rien de mineur.

— Je suis tellement dans la mouise, avait hurlé Brooke en rencontrant Amanda au *Sushi Bar*, son restaurant préféré en matière de sushis et de cocktails.

— Dans quel univers ? riposta Amanda. Tu viens de dire qu'ils avaient adoré ta présentation.

— Je leur ai dit que j'avais le contrat avec *Le Fix*. Ce qui est un mensonge, évidemment.

Brooke s'était dit qu'une scène pleine d'hommes sexy attirerait l'attention de la chaîne, alors elle avait inclus *Le Fix* et la description du concours pour le calendrier en exemple de ce que l'émission pourrait exploiter.

Ils avaient été emballés par l'idée. Son instinct avait vu juste. Elle ne s'attendait pas à ce que les choses aillent aussi vite. La chaîne avait ajouté, parmi les conditions sine qua non, que *Le Fix* fasse partie de l'émission.

— Je vais rencontrer Jenna ce soir pour parler de l'éventualité de travailler avec *Le Fix*, avait-elle dit à Amanda. Si elle ne voulait pas faire affaire avec moi ? Ou si elle estimait qu'une équipe de tournage sur les lieux pendant sept mois, c'est l'équivalent du septième cercle des enfers ?

Amanda lui avait fait un signe de la main pour chasser cette idée.

— Oh, s'il te plaît. Ton travail est génial. Bien sûr qu'elle voudra travailler avec toi. Pour ce qui est de l'émission, je connais Jenna, elle n'est pas idiote. Si tu lui dis que la chaîne couvrira les matériaux et tes frais, elle sera partante. De plus, tu as dit qu'ils voulaient filmer le concours de *L'Homme du Mois*, non ?

— Ils le veulent en arrière-plan, c'est certain. Ils disent que ce sera un super moment de télévision et que personne ne l'a fait jamais auparavant.

— La première de l'émission sera diffusée vers la fin de l'été ou le début de l'automne ?

Brooke acquiesça.

— Alors, voilà. Ce type de publicité devrait apporter de nouveaux clients. Jenna est dans le marketing. Elle comprend. Crois-moi, tout ira bien.

— Peut-être, dit Brooke. Il reste toutefois la seconde condition.

— La seconde condition ?

— Est-ce que tu as déjà entendu parler de Spencer Dean ?

— Bien sûr. Il rénovait des maisons à la télévision. C'est aussi un client.

— Vraiment ?

Brooke se pencha en arrière, surprise.

— Il achète à Austin ?

— Plus qu'une maison, reprit Amanda. Je lui ai fait visiter le Manoir Drysdale à plusieurs reprises maintenant. Je crois qu'il va bientôt faire une offre. Je l'espère. Ça me fera une jolie commission.

— Le Manoir Drysdale ?

La gorge de Brooke se serra et son pouls s'accéléra à la mention de la maison et du seul homme qu'elle ait jamais aimé. L'homme avec qui elle avait partagé tant de souvenirs interdits à l'intérieur de ces murs.

L'homme qui, maintenant, la méprisait.

— Qu'est-ce qu'il y a ? demanda Amanda en dardant sur Brooke un regard qui suggérait qu'elle en avait trop vu.

Brooke piqua l'une de ses baguettes dans un rouleau au thon épicé tout en évitant le regard d'Amanda.

— J'ai toujours aimé cette maison.

— Hmm, fit Amanda, guère convaincue, sans insister toutefois. En tout cas, qu'est-ce que Spencer Dean a à voir avec ta réunion ?

— Ils veulent qu'il fasse partie de l'émission.

— Vraiment ? demanda Amanda en fronçant les sourcils. Il m'a dit qu'il ne faisait plus de télé. Pourquoi m'aurait-il menti ?

— Il n'a pas menti, lui assura Brooke. Il a arrêté sa série il y a un an.

Pendant quatre des cinq dernières années, Spencer avait présenté *Chez Spencer*, une émission de rénovation qui mettait en lumière la personnalité de Spencer tout autant que les maisons. Brooke avait regardé un seul épisode. Cela lui faisait trop mal de le voir à l'écran. Ces yeux noirs qu'elle avait cru bien connaître un jour. Ces mains fortes et calleuses qui avaient caressé sa peau. La moustache et la barbe qui lui chatouillaient l'oreille quand il lui murmurait des paroles douces, sexy et décadentes.

Il l'avait tenue dans ses bras et il avait fait tellement de projets, promis tant de choses. Elle l'avait aimé profondément et elle croyait qu'il ressentait la même chose. Un amour farouche et protecteur si fort qu'il était capable de faire voler en éclats tous les obstacles et de guérir toutes les blessures.

Et puis, tout avait été anéanti.

Richie. Son père. Et bien sûr Brian.

Oh, mon Dieu, Brian. Elle réprima un frisson de dégoût en regrettant d'avoir laissé ce prénom infâme pénétrer son esprit.

C'était la seconde raison pour laquelle Brooke n'avait pas regardé l'émission de Spencer. Cela faisait remonter à la surface trop de souvenirs de l'époque où ils étaient proches. Oui, elle avait mal en voyant Spencer. En revanche, les souvenirs de Brian lui donnaient envie de se recroqueviller de douleur et de dégoût pour elle-même.

— D'accord, je vois, dit Amanda tout en ajoutant du wasabi à sa sauce soja. L'émission de Spencer était très populaire et ils pensent qu'il pourrait attirer des sponsors.

Amanda pointa une baguette vers Brooke.

— S'il s'est retiré de la télévision, qu'est-ce qui leur fait croire qu'il acceptera ?

— Le producteur m'a dit qu'il leur devait une émission. De son contrat précédent, je veux dire. Alors ils veulent qu'il participe à *Réno Boutique* avec moi. Ils disent que ce serait le candidat parfait.

— Alors, quel est le souci ? Si cette émission lui permet d'honorer son contrat, pourquoi ne pas accepter ? Sa participation ne peut que t'aider non ? Je ne vois pas le problème.

Brooke s'était adossée dans sa chaise. Elle fit baisser les yeux de son amie.

— S'il refuse, il n'y a pas d'émission. Ils ont été très clairs. Pas de Spencer Dean, pas de *Réno Boutique*. Je suis blonde, enjouée et photogénique...

— Ils n'ont tout de même *pas* dit ça !

— En quelque sorte. Ils ont aussi dit que je n'étais pas

Spencer Dean. Je n'ai pas fait mes preuves. Je ne suis pas populaire. Je n'aurai pas l'émission sans lui.

— Je ne vois pas pourquoi tu t'inquiètes. Il leur doit une émission, de toute façon. Pourquoi ne ferait-il pas la saison avec toi ?

— Je vois beaucoup de raisons, admit Brooke, mais la principale serait probablement qu'avant, nous étions fiancés.

TROIS

Ne t'inquiète pas de Spencer pour le moment. Assure-toi d'obtenir Le Fix.

Les derniers mots d'Amanda résonnaient en elle telle une litanie tout au long de son rendez-vous avec Jenna. Selon toute vraisemblance, le tour était joué, car avant qu'elle s'en rende compte, Jenna lui tendait la main.

— *Le Fix* vous suit.

— C'est merveilleux, s'exclama Brooke en espérant que ses paumes ne soient pas moites sous l'effet du stress. Vous ne le regretterez pas.

— Je n'en doute pas et j'ai vraiment hâte de travailler avec vous. L'émission est géniale. Absolument parfaite pour ce que nous essayons d'accomplir. Je n'aurais pas pu faire tout ça moi-même. Vous êtes certainement la personne que je préfère en ce moment.

Brooke éclata de rire.

— Croyez-moi. Le sentiment est partagé.

En espérant que Jenna ne changerait pas d'avis quand

Brooke échouerait. Ce qui risquait d'arriver. Parce que Spencer était toujours un gros point d'interrogation. Jenna ne le savait pas, car Brooke avait pris la voie de la lâcheté en affirmant à Jenna que c'était exactement le type d'émission que Spencer Dean recherchait.

Ce qui était un mensonge éhonté, mais Brooke avait trop besoin de cette opportunité pour se sentir coupable.

— Vous aurez le feu vert de la chaîne dès que nous aurons la confirmation de Spencer Dean, c'est ça ? demanda Jenna comme si elle pouvait lire dans les pensées de Brooke. Vous êtes confiante sur ce point ?

— Vous rigolez ? répondit Brooke avec le même geste désinvolte qu'Amanda. Je commence déjà les préparatifs.

— Génial, dit Jenna en reculant sa chaise. Les verres et les amuse-gueules sont aux frais de la maison ce soir. J'espère que vous resterez un peu et que vous pourrez vous amuser.

— Merci. Je le ferai. Oh, voilà Amanda.

Les deux femmes agitèrent la main, puis se dirigèrent vers leur amie commune.

— Vous avez l'air très contentes toutes les deux. J'en déduis que je peux ajouter mise en relation à la liste de mes superbes compétences.

— Tu peux, dit Jenna. Et puisque tu es si merveilleuse, je te dis la même chose qu'à Brooke, les verres et les amuse-gueules sont aux frais de la maison ce soir.

— C'est pour ça que je t'aime, dit Amanda. Allez viens, Brooke. Je vais te faire goûter la Margarita Jalapeño. Crois-moi, c'est délicieux. Est-ce que tu as fini, Jenna ? Tu te joins à nous ?

— Une semaine avant le lancement du concours du calendrier ? Je travaille pratiquement vingt-quatre heures sur vingt-quatre, sept jours sur sept. Merci, cela dit. Amusez-vous toutes les deux.

Pendant que Jenna se dirigeait vers le fond de la salle, Amanda conduisit Brooke vers deux sièges qui venaient de se libérer devant le bar en chêne pris d'assaut par les clients.

— Alors ? demanda Amanda dès qu'elles furent installées sur les tabourets de bar. Je ne t'avais pas dit que ce serait génial ?

— Oui, tu es incroyable et impressionnante, je salue ta clairvoyance.

Le sourire d'Amanda s'élargit.

— C'est pour ça que je te garde dans mon entourage.

— En parlant d'entourage, c'est qui, lui ? demanda Brooke en désignant de la tête l'homme superbe qui parlait à Jenna.

Amanda se tourna légèrement vers le modèle de perfection aux épaules larges et au crâne rasé, dont les manches du t-shirt *Le Fix* révélaient ses tatouages.

— Oh, c'est Reece. C'est le gérant du bar. C'est aussi le petit ami de Jenna.

Cette précision n'était pas nécessaire. C'était évident à la manière dont il caressait le bas de son dos tout en lui parlant – tout aussi évident que son regard, à elle, comme si chaque minute sans contact avec lui était trop longue et insoutenable.

Brooke ravala la boule qu'elle avait dans la gorge tout en détournant le regard. À une époque, elle s'était sentie comme ça, elle aussi. Comme si un moment sans Spencer était un moment vide de sens. Comme si elle n'avait pas besoin d'avoir le moindre secret pour lui parce que leur amour était parfait et pur. Peu importe quel démon croiserait leur chemin, ils vaincraient ensemble.

Oui, elle avait été idiote. Une belle idiote, jeune et naïve.

À côté d'elle, Amanda leva la main pour faire signe au barman élancé, dont la coupe de cheveux noirs évoquait celle d'un super-héros.

— Salut, Éric. Est-ce je pourrais avoir deux Margaritas Jalapeño ?

— Pas de Cosmo ? demanda Éric.

— Non, Cam m'a préparé une MJ hier soir, c'était comme un orgasme dans la bouche.

Elle adressa un sourire à Brooke, qui se demandait si elle devait rire ou supplier Éric de lui donner seulement une bière.

— Sérieusement. Une fois que tu auras goûté une Jalapeño épicée, tu ne voudras pas revenir en arrière.

— Oh, mon Dieu, Amanda. Rappelle-moi pourquoi nous sommes amies, déjà ?

Amanda cligna l'un de ses beaux yeux marron.

— Parce que tous tes autres amis sont ennuyeux et fades.

— Pas faux, dit Brooke. Alors, Jalapañise-moi.

— C'est noté, fit Éric. Vous voulez manger quelque chose ?

— Oh que oui, répondit Amanda. Commande des rouleaux de lasagnes pour nous. Ils sont vraiment succulents, ajouta-t-elle à l'attention de Brooke. Crois-moi.

— Compris, dit Éric en longeant le bar.

— Il est vraiment sexy, murmura Amanda. En plus, il est célibataire. Tu veux que je te branche avec lui ?

— Tu plaisantes ? Il a quoi ? Vingt et un ans ? Un jeune de vingt et un ans incroyablement sexy, mais quand même...

— Il en a vingt-cinq, en fait, dit Amanda avec un soupçon d'arrogance. Très mature pour son âge.

— Oh, vraiment ? Tu as eu un aperçu personnel de sa... maturité ?

Amanda fit une grimace.

— Ne sois pas grossière, dit-elle alors que Brooke éclatait de rire.

Amanda avait la langue bien pendue, mais son amie doutait sérieusement qu'elle en fasse autant que sa vantardise le laissait penser.

— Dans tous les cas, reprit Amanda, vingt-cinq ans, c'est tout à fait dans ta tranche d'âge.

— Euh, allô ? J'ai presque trente ans.

Amanda lui lança un regard qui signifiait : *pitié, arrête tes bêtises.*

— Tu as vingt-huit ans.

— À seulement cinq mois des vingt-neuf. Ce qui fait que j'ai presque trente ans.

— Ça te rend mauvaise en mathématiques.

— D'accord. Peu importe. Je ne vais pas coucher avec Éric.

— Pardon, quoi ? demanda l'homme en question en glissant leurs verres devant elles.

— Je répétais seulement votre prénom, dit Brooke en lui lançant un sourire qu'elle espérait innocent. J'essaie de mémoriser les noms de tout le monde puisque bientôt je vais passer pas mal de temps ici.

— Ah oui ? Je vous ai vue avec Jenna. Vous allez travailler sur le concours du calendrier ?

— Il semble bien.

Le regard d'Éric soutint le sien pendant un long moment.

— Je suis heureux de l'apprendre, dit-il avant de se tourner pour servir un autre client.

— Oh, là, là, fredonna Amanda.

— Laisse tomber, ordonna Brooke, même si elle ne pouvait pas nier le picotement de plaisir qu'elle éprouvait à l'idée d'avoir été remarquée par un homme sexy.

La plupart du temps, elle restait fermée aux propositions. Elle sortait, mais elle ne voulait pas de relations amoureuses. Les rapports sexuels se déroulaient toujours selon ses propres conditions. Toujours.

Elle avait perdu son aptitude à faire confiance, à se laisser aller. *Perdu ?* Non, pas du tout. La confiance lui avait été arrachée, et même si elle voulait désespérément la retrouver, les rares fois où elle avait laissé un homme tester ses limites s'étaient soldées par un désastre complet.

Enfoiré de Brian. Une trahison. Tout son monde s'était écroulé. Son premier réflexe, quand sa vie lui avait échappé, avait été de vouloir courir vers Spencer. Il était parti depuis longtemps, relique d'une vie à laquelle elle avait renoncé pour le sauver. Sauf qu'il n'en savait rien. Maintenant, il la détestait. Elle était toute seule avec son angoisse et ses peurs, et elle faisait son possible pour construire une vie de remplacement. Elle était près, si près d'y arriver.

Maintenant, voilà que Spencer revenait dans sa vie, et Brooke savait très bien que ce serait douloureux.

Merde.

— Allô Brooke, ici la Terre, appela Amanda. Où étais-tu partie ? À moins que cette margarita soit si délicieuse que tu préfères rester seule avec elle ?

— C'est à peu près ça, répondit Brooke en prenant une autre gorgée.

C'était vraiment excellent. L'acidité des margaritas traditionnelles, mais enrobée d'une dose de chaleur qui lui renversait les papilles.

— Alors, ne me laisse pas tomber à nouveau. Je veux obtenir le scoop.

Brooke pencha la tête sur le côté, confuse.

— De quel scoop parles-tu ?

— Premièrement, qu'est-ce qui s'est passé avec les fiançailles ? Pourquoi Spencer et toi, vous ne vous êtes pas mariés ? Et d'abord, pourquoi est-ce que je ne savais pas qu'il y avait un truc entre vous ?

Brooke hésita. Elle ne voulait pas rouvrir d'anciennes blessures. Mais il était trop tard pour ça. La plaie s'était rouverte dès qu'Andy et Molly, les responsables de la chaîne, lui avaient donné l'ultimatum. Spencer était de retour, qu'elle le veuille ou non.

D'ailleurs, elle le *voulait.* Elle n'avait jamais cessé de le vouloir. Pas tout à fait.

En revanche, elle l'avait blessé, et trop profondément pour qu'il puisse en guérir. Maintenant, le mieux qu'elle puisse espérer, c'était un moyen d'atténuer la douleur pour qu'ils réussissent à travailler ensemble. En présumant, bien sûr, qu'il accepte.

— À voir la tête que tu fais, je suppose qu'il t'a larguée ?

— C'est compliqué, dit Brooke – l'euphémisme de l'année. Mes parents n'ont jamais approuvé ma relation avec Spencer ni sa famille... Enfin, tu as rencontré mon père. C'était déjà terrible pour lui que je sorte avec un homme dont la famille vivotait de salaire en salaire. Sans compter le fait qu'il avait un frère en prison après une fusillade en relation avec un gang. Dire que papa n'approuvait pas, c'est minimiser les choses.

— Ça n'a certainement pas aidé que Spencer ne cache pas ses origines. Je regardais son émission tout le temps, il était dans l'immobilier, non ? Je me rappelle qu'il a fait un épisode où il a aidé deux frères, d'anciens membres de gang, à rénover la maison de leurs grands-parents. Il avait dit qu'il voulait éveiller les consciences et enseigner à ses frères quelques compétences pratiques.

— Je ne le savais pas, admit Brooke.

Mais elle n'était pas étonnée. Spencer était un homme bien. Un mec droit dans ses bottes, mais son père ne s'en était pas rendu compte. Elle sourit tristement.

— Je n'ai pas regardé l'émission, dit-elle. Le voir... ça me faisait mal au cœur.

Amanda tendit la main pour serrer celle de Brooke.

— Ton père a fait quelque chose pour que votre relation se termine ?

Brooke acquiesça avant de secouer la tête pour se contredire. Aussi tentant que cela puisse paraître de rejeter tous les torts sur le dos de son père, elle devait prendre ses responsabilités.

Elle essuya une larme au coin de son œil.

— C'était en partie ma faute. Je...

Elle s'interrompit, la voix étouffée par un nouvel afflux de larmes. Bon sang, elle ne voulait pas pleurer. Elle prit une inspiration entrecoupée, renifla et recommença :

— Je n'ai pas....

— Non, dit Amanda avec une douceur inhabituelle. Ça va aller. Je ne voulais pas raviver tout ça. Je pense que j'ai saisi l'idée générale. Un gros désastre avec beaucoup de mélodrame.

Malgré elle, Brooke lâcha un éclat de rire. Mêlé au nœud de larmes au fond de sa gorge, il provoqua un hoquet, un hoquet douloureux qui lui donna l'impression de recevoir un coup de poing dans le cœur.

— Ça résume assez bien la situation, dit-elle péniblement entre deux hoquets. Oui, le terme de mélodrame est parfaitement approprié.

— Ça s'est passé quand ? Avant qu'on se connaisse, de toute évidence.

Brooke prit une gorgée de sa margarita, puis elle se tut, la main sur sa poitrine en attendant un autre hoquet qui ne vint pas. Elle tenta de reprendre sa respiration, puis elle hocha la tête.

— C'était il y a cinq ans. Quelques semaines avant que la première émission ne soit filmée.

— Oh merde, je me rappelle avoir lu quelque chose à ce sujet. Pas au moment des faits, mais plus tard, quand l'émission est devenue populaire. Je me rappelle qu'on pensait à lui pour le *Bachelor* ou une émission de ce genre. Il avait refusé, un non catégorique, et les magazines people s'étaient demandé pourquoi il faisait profil bas et ne sortait pratiquement pas.

Elle pointa son doigt parfaitement manucuré vers Brooke.

— La rumeur disait que sa fiancée l'avait quitté devant l'autel. C'était toi ?

Brooke se mordit la lèvre inférieure et hocha la tête. Elle avait désespérément envie de changer de conversation, mais elle savait qu'elle devait s'y habituer. Si Spencer acceptait l'émission, ou plutôt *quand* Spencer accepterait de le faire, leur passé ressurgirait certainement et envahirait tous les réseaux sociaux. Elle n'avait jamais compris pourquoi, mais même les vedettes des émissions d'immobilier devenaient des célébrités sur les réseaux.

Soudain, une pensée la frappa.

Elle leva les yeux et les riva intensément sur Amanda.

— C'est ce qu'ils veulent, n'est-ce pas ? Ils veulent un mélodrame.

Pendant un instant, Amanda sembla perplexe. Au cours de ces quelques instants bienheureux, Brooke se laissa convaincre qu'elle se trompait et que le studio se fichait de sa séparation avec Spencer, qu'ils n'avaient aucun intérêt à exhumer leur vieille relation devant les caméras.

Puis elle vit la vérité dans les yeux d'Amanda. Son amie n'était pas stupéfaite par cette suggestion, au contraire, elle était sidérée que Brooke le comprenne seulement maintenant.

— Tu ne le savais vraiment pas ? C'est assez évident, continua Amanda en réponse à Brooke qui secouait la tête. Pour eux, tu es la fille qui a plaqué Spencer Dean. Ce n'est pas seulement un expert en rénovation. Ils mettent en scène la femme capable de mettre le feu aux poudres. Ils se moquent du *Fix* ou du concours d'hommes sexy pour le calendrier.

— Ils veulent du mélodrame, conclut Brooke.

Elle se sentait à la fois engourdie et stupide.

— J'en ai bien peur. Ils doivent penser que vous allez leur apporter de l'audimat, ajouta Amanda en haussant une épaule tout en prenant une nouvelle gorgée de son cocktail épicé et acidulé. C'est pour ça que, si Spencer refuse, tes chances pour l'émission sont réduites à néant.

QUATRE

Brooke serra fort sa brosse à cheveux tout en se regardant dans le miroir des toilettes des femmes. Parfois, elle détestait la franchise d'Amanda, mais elle ne pouvait nier la vérité. La chaîne avait approuvé sa proposition avant toutes les autres, non parce qu'elle pouvait redonner vie à un restaurant sur le déclin ni apporter du brio à un bar à la dérive.

Non, ils la voulaient pour sa rupture douloureuse. Ce qui voulait dire que l'émission n'aurait rien à voir avec son travail, elle porterait sur sa vie.

Elle devrait peut-être tout arrêter.

De toute façon, elle n'avait pas une grande envie de faire de la télévision. Bien au contraire. Si ce n'était pas pour le côté promotionnel, elle serait plus qu'heureuse de mener sa vie loin des regards du public.

Toutefois, l'émission *ferait* la promotion de son entreprise, c'était garanti. Après leur réunion, l'un des producteurs lui avait envoyé un message avec des ébauches de maquettes faisant la publicité de l'émission. En présumant, bien sûr, que Spencer signe et que l'émission ait lieu. Raffinées et élégantes, les publicités étalaient le titre de l'émission en grosses lettres, le même nom que son entreprise.

Ce n'était pas tout, elles présentaient son site web et ses coordonnées dans une police qui attirait le regard.

On aurait dit que les responsables se doutaient qu'elle pourrait avoir envie de faire machine arrière et voulaient s'assurer sa participation.

Cela avait fonctionné.

Elle ne reculerait pas. Même si Amanda lui avait ouvert les yeux.

Quant à savoir *pourquoi*...

L'horrible vérité, c'était qu'elle n'en était pas certaine : était-ce parce qu'elle ne pouvait pas tourner le dos à de la publicité pour son entreprise, ou parce qu'il y aurait Spencer ?

Il lui manquait.

Bon sang, il lui manquait atrocement.

Les mois qui avaient suivi leur mariage avorté lui avaient fait l'effet d'une tragédie grecque. Sur le moment, elle était persuadée d'avoir pris la bonne décision. Protéger sa famille. Son émission. Elle avait tout sacrifié pour lui et elle avait bien conservé le secret. Il ne devait pas savoir. Il ne savait toujours pas ce qu'elle avait fait.

Elle avait cru qu'elle pourrait tourner la page. Qu'il y aurait un autre homme qui lui ferait ressentir la même chose que Spencer à l'époque. Il y avait sûrement un homme comme ça. Cet homme mystérieux était peut-être quelque part. Si c'était le cas, elle ne l'avait pas rencontré.

Même si au plus profond d'elle-même, elle souhaitait le voir à nouveau, elle était certaine que ce sentiment était réciproque. Elle n'était pas assez naïve pour croire que Spencer l'avait oublié. Pas après qu'elle lui eut fait faux bond le jour de leur mariage. Pas après ce qu'il avait perçu comme une trahison.

Sans aucun doute, leurs retrouvailles allaient lui meurtrir le cœur à nouveau.

Si cela pouvait hisser son entreprise à un autre niveau, cela en vaudrait la peine.

Elle devait se le répéter. Encore et encore.

Elle remit sa brosse dans son sac, puis elle se dirigea vers la sortie des toilettes avant de faire un bond en arrière quand quelqu'un poussa la porte avec une telle violence qu'elle alla claquer contre le mur. Deux femmes titubèrent à l'intérieur en riant de manière incontrôlable.

— Le sol bouge, commenta la première aux cheveux foncés.

Elle regarda le carrelage immobile avant de lever la tête vers sa compagne.

— C'est entièrement ta faute, ajouta-t-elle.

Au même moment, Brooke se récria :

— Shelby ?

Ce n'était pas possible. La comptable de Brooke était la personne la plus collet monté, calme et introvertie qu'elle ait jamais rencontrée. Bien que leur relation soit purement professionnelle, Brooke et Shelby étaient sorties ensemble à quelques reprises, et cette dernière n'avait jamais rien commandé de plus fort qu'un Perrier avec du citron vert.

Cette femme qui riait et titubait, complètement ivre, ne pouvait pas être Shelby Drake, expert-comptable.

Et pourtant, c'était bien elle.

Shelby cligna des yeux, étonnée derrière ses lunettes

aux montures couleur bleu ciel. Puis elle les écarquilla en même temps qu'elle lui adressait un grand sourire.

— Brooke Hamlin ! N'est-ce pas une superbe fête ?

Elle s'élança vers elle pour la prendre dans ses bras.

— Euh, oui ?

Brooke décocha un regard à la compagne de Shelby, une femme grande aux boucles négligées, avec une expression que l'on pouvait décrire comme amusée.

— Hannah, dit-elle en lui tendant la main. La baby-sitter de Shelby.

— Carrément, confirma Shel en mettant une main devant sa bouche. Oh, merde.

Elle rejoignit en vacillant la seule cabine vide, puis verrouilla la porte dernière elle.

Brooke regarda la cabine fermée, puis Hannah.

— Est-ce qu'il y aurait eu une invasion d'aliens sans que les actualités en aient parlé, par hasard ? Shelby est la comptable de ma famille depuis des années et ça ne lui ressemble pas.

Hannah éclata de rire.

— Ce n'est pas génial ? Nous sommes ici pour l'enterrement de vie de jeune fille d'une amie et je lui ai conseillé de se laisser aller.

— Vous êtes diabolique.

— À votre service, lui lança Hannah.

Elle pencha la tête tout en étudiant Brooke, les yeux brumeux. Elle avait bu aussi, c'était évident. Seulement, elle avait une plus grande tolérance que Shelby. Ou alors, elle avait bu deux fois moins.

— On s'est déjà rencontrées ?

— Je ne pense pas.

Brooke était certaine qu'elle se souviendrait de cette femme aux cheveux fous et aux yeux bleus perçants.

— J'ai pourtant l'impression que je vous connais, mais je n'arrive pas... *attendez*. Est-ce que vous êtes la fille du juge Hamlin ?

Brooke se raidit.

— Oui. C'est mon père.

Ancien avocat influent, son père avait récemment fait campagne pour un siège au Tribunal de Grande Instance. Il avait gagné, bien sûr. À l'exception du choix de carrière de sa fille, son père obtenait toujours ce qu'il voulait.

— Je suis avocate, moi aussi, j'ai travaillé avec votre père à quelques reprises. Je dois me souvenir de votre photo dans son bureau. Ou peut-être que nous nous sommes croisées lors d'une levée de fonds pendant sa campagne ?

— Peut-être, dit Brooke, même si elle ne se souvenait pas de la jeune femme.

Elles n'insistèrent pas sur ce point, car au même instant, Shel sortit de la cabine en souriant.

— Je me sens mieux, dit-elle avant d'utiliser un gobelet pour faire un petit bain de bouche complémentaire.

Elle cracha dans le lavabo avant d'adresser un sourire contrit à Brooke, qui masqua son amusement derrière une fausse toux.

— Vous voulez vous joindre à nous pour boire un verre ? demanda Hannah.

— Non merci. Je dois y aller.

Elle avait pris un millier de photos de l'intérieur du *Fix* et elle voulait travailler sur ses plans de rénovation, y réfléchir afin de savoir à quelle partie du travail elle consacrerait chacun des six épisodes.

— Vous en êtes sûre ? C'était très sympa de vous voir.

Elle l'attira pour une accolade à un bras.

— Oui, dit Brooke avec un petit rire en croisant le regard de Hannah. Venez, je vous raccompagne.

— On ferait mieux d'y aller, dit Hannah. Le barman beau gosse a dit qu'il nous ferait des pichets de punch Pinot, et ces garces vont tout boire si nous n'y retournons pas au plus vite. Nos amies sont très compétitives, lui dit-elle, les yeux pétillants.

En compagnie de Brooke, elles retournèrent dans la salle principale. Il n'y avait aucune ambiguïté quant à l'endroit où elles se dirigeaient : vers le groupe de filles riant et buvant qui occupaient trois tables dans la salle de devant. C'était un emplacement de premier choix, avec les tables bordées d'un côté par le mur orné d'un papier peint, et de l'autre, par les baies vitrées qui laissaient voir l'agitation de la 6ᵉ Rue.

Les filles parlaient avec animation autour d'une jolie blonde, qui portait une tiare de mauvais goût en fausses pierres, avec le mot MARIÉE. Certaines regardaient en direction du bar verni, où plusieurs hommes juchés sur des tabourets leur renvoyaient leurs œillades.

— Il est toujours là, murmura Shelby, qui se heurta à Brooke en cherchant Hannah. Tu crois que… oh merde. Il regarde par ici.

— Va lui parler, la poussa Hannah. Il t'a remarquée. Et toi, tu l'as clairement repéré aussi.

— Qui ? demanda Brooke.

Elle ne faisait pas partie du groupe et elle ne connaissait pas vraiment Shelby, mais elle n'arrivait pas à contenir sa curiosité.

— Lui, répondit Hannah.

Elle commença à lever le doigt, mais Shelby lui saisit la main, la maintenant vers le bas.

— Ne le désigne pas ! Le mec mignon là-bas, avec les cheveux courts et le t-shirt *Wood Matin*. Oh, mon Dieu, souffla-t-elle à Brooke. Pourquoi tu lui as fait signe ?

— C'est un ami, expliqua Brooke. C'est Nolan Wood. Son t-shirt ringard est celui de son émission matinale. C'est une revue de presse délirante pour une station de radio locale.

— Tu le connais ?

À la voix de Shelby, empreinte de respect, on aurait pu croire que Brooke venait d'annoncer qu'il faisait partie de la royauté.

— Un peu. Il sortait avec une amie.

— Oh.

— Il est célibataire, je crois, maintenant, précisa Brooke en entendant la déception dans sa voix.

— Vas-y, dit Hannah. Je n'arrête pas de lui dire d'aller se présenter pour lui dire bonjour.

— Je peux faire les présentations. Son émission est très sarcastique, avec un tas de grossièretés. Elle passe pendant l'heure de pointe le matin, entrecoupée de chansons du moment. Je voulais lui proposer quelque chose.

De la publicité gratuite, mais elle n'était pas obligée d'entrer dans les détails avec les filles.

— Oui, dit Hannah. Parfait. Allons-y.

— Mais...

— *Allez.*

— Allons-y toutes les trois, proposa Brooke.

On aurait dit une bande d'adolescentes, mais qu'importe ? Elle pourrait parler avec Nolan et gratter quelques annonces pour *Le Fix* et pour son émission tout en lui présentant sa comptable habituellement timide et réservée. Sérieusement, était-ce *vraiment* Shelby Drake ?

Elles se faufilèrent vers le bar, mais dès que Brooke atteignit Nolan, elle se rendit compte qu'elle avait perdu les deux filles. Elle regarda par-dessus son épaule. Shel était restée en arrière et Hannah avait l'air exaspérée. Brooke leva les yeux au ciel, amusée mais pas surprise. D'une certaine façon, elle ne pensait pas que Shelby avait l'habitude d'aborder les hommes dans les bars. Pas plus que de se saouler, d'ailleurs.

Au moins, elle semblait passer un bon moment.

— Je n'en reviens pas que tu sois allée le rejoindre, dit Shelby une fois qu'elle eut abandonné sa mission pour revenir auprès d'elles.

Le groupe de musique remontait sur scène après une pause et la foule autour du bar devenait plus dense.

— Je pensais que j'y allais avec vous, dit Brooke. Ce n'est pas ce qu'on avait décidé ? En plus, il ne mord pas.

— Sauf si tu le lui demandes, lança malicieusement Hannah, faisant rougir Shelby.

— Je n'y arrive vraiment pas, dit la comptable. Enfin, ce n'est pas...

Elle laissa sa phrase en suspens en secouant la tête.

— Je ne suis pas si intrépide. Tu l'es, toi ?

Elle se tourna vers Brooke, qui écarquilla les yeux.

— Moi ?

— Oui. Est-ce que tu abandonnerais toute prudence en claquant des doigts comme ça.

Brooke songea à Spencer. Au soir où elle l'avait

rencontré dans une rue sombre à côté d'une voiture à l'abandon. Il était arrivé sur sa fabuleuse moto, tout en tatouages, barbe et cuir, et elle avait senti des années d'éducation lui ordonner de prendre ses jambes à son cou.

Pourtant, elle avait vu quelque chose dans ses yeux et elle était restée. Pour le meilleur ou le pire, sa vie n'avait plus jamais été la même.

— Ça m'est arrivé, murmura-t-elle. Je l'ai fait.

— Oh.

Shelby et Hannah échangèrent un regard.

— Qu'est-ce qui s'est passé ?

Brooke se força à sourire et cligna des yeux pour retenir les larmes qui menaçaient de monter.

— Je suis tombée amoureuse, dit-elle avant de sentir le tiraillement d'un sourire doux-amer alors que la boule de larmes contenues lui serrait la poitrine.

— Attention, dit Hannah tout bas sans avoir perçu le changement d'humeur de Brooke. Tu risques de l'effrayer.

Brooke pensa à la manière dont les choses avaient tourné pour elle. C'était peut-être une bonne chose.

Non, Shelby méritait sa chance aussi.

— Va lui parler, insista-t-elle en levant la main pour attirer l'attention de Nolan.

Au même moment, un groupe d'hommes quitta le bar. Et là, lorsque la foule se dissipa, *il* lui apparut.

Spencer.

Il se pencha sur le bar en bois vernis, un grand verre de whisky dans la main. Du Glenmorangie, bien sûr. Elle n'avait pas besoin de goûter pour le savoir, parce qu'elle le connaissait. Il n'aimait pas les cocktails, seulement du

Scotch ou de la bière. Glenmorangie était sa marque préférée.

De là où elle se tenait, elle distinguait son profil. Elle était certaine qu'il ne l'avait pas vue. Il avait laissé sa barbe pousser un peu et il ressemblait au jour où ils s'étaient rencontrés. Elle devait admettre qu'elle aimait bien. Par la suite, quand ils avaient commencé à sortir ensemble, il la gardait bien taillée et elle avait toujours l'impression qu'il jouait un rôle. C'était peut-être le cas. Il essayait peut-être d'être ce type de la classe moyenne, propre sur lui, que son père était susceptible d'approuver.

Aujourd'hui, sa barbe était un peu négligée. Un peu sauvage. L'espace d'un instant, elle eut envie de la sentir sur sa joue. Sur ses lèvres. Sur ses cuisses.

Il pencha la tête, comme si quelqu'un l'avait appelé. Comme si, pensa-t-elle, il avait pu saisir toutes les images décadentes qui lui traversaient l'esprit sans qu'elle puisse les contrôler.

Elle se figea et Hannah regarda vers elle avec curiosité.

— J'ai... J'ai oublié quelque chose dans les toilettes. Allez-y avant moi. Nolan est un mec sympa. Présentez-vous toutes seules.

— Quoi...

Brooke se retourna, interrompant les paroles de Shelby. Spencer s'était tourné dans leur direction et, avec lâcheté, Brooke allait filer comme une flèche.

Elle ne savait pas s'il l'avait vue et elle ne resterait pas dans les parages pour le découvrir. Elle savait qu'elle ne pourrait pas repousser la conversation éternellement, surtout s'ils devaient présenter une émission ensemble, mais elle avait besoin de temps pour se préparer. Une minute, c'était loin d'être suffisant.

Elle se glissa de nouveau dans le couloir qui menait vers les toilettes et les bureaux. Elle supposait qu'il y avait une sortie de service là-bas, mais après être passée devant les portes fermées des bureaux et en tournant au coin du couloir, elle se rendit compte que cet espace n'était autre qu'une réserve. Serviettes en papier, essuie-mains, papier toilette et rouleaux pour les reçus. *Mince.*

La sortie vers la ruelle devait se trouver de l'autre côté, près des cuisines.

Elle se retourna, fit un pas, puis elle lança un cri perçant quand Spencer la repoussa dans le coin sombre, une main sur son épaule.

— Brooke, murmura-t-il de sa voix rauque familière. Je crois qu'il est temps que nous ayons une petite discussion.

CINQ

— Mais que se passe-t-il, Brooke ? demanda-t-il avec une voix qui coulait sur elle comme du caramel salé, sirupeuse et piquante à la fois. Ça ne t'a pas suffi de m'arracher le cœur ? Puis de piétiner tout ce en quoi je croyais dans la vie ? Il fallait que tu reviennes pour rouvrir les plaies ? Merde. Tu es restée loin de moi pendant cinq ans. Pourquoi devais-tu revenir maintenant ?

Elle se tendit, les tripes enroulées comme un ressort prêt à s'élancer. Elle se dit qu'elle n'avait pas peur, mais c'était un mensonge. Elle était terrifiée. Elle ne savait tout simplement pas si elle avait peur de Spencer ou de ses propres réactions envers lui. C'était de l'anxiété authentique. Avec un véritable désir sous-jacent.

En d'autres termes, elle était fichue.

— Lâche-moi.

Ces mots étaient bas, prononcés avec conviction, et elle s'en félicita, car sa voix ne tremblait pas.

Ses yeux bruns se durcirent, mais il obéit... Et elle le regretta immédiatement. Il ne la touchait plus, certes, mais ses deux mains étaient maintenant de part et d'autre de son corps, sur le mur, l'enfermant et approchant dangereusement son corps du sien.

Il y a quelques années, les battements effrénés de son cœur et le vertige qu'elle éprouvait auraient été des preuves de son excitation. Cette fois, en revanche, c'était de la peur.

Elle ne pensait pas que Spencer lui ferait du mal. Dans cette position, prisonnière et incapable de respirer, elle perdait le peu de contrôle qu'elle avait encore sur la situation. Plus maintenant. Pas après ce qu'il s'était passé.

— Recule.

Elle voulait que ce soit une demande, mais le mot sortit étouffé et faible. Elle leva le menton et se redressa. Son père ne lui avait-il pas répété maintes fois qu'il suffisait souvent de *paraître* avoir le contrôle pour *l'avoir* réellement ?

Il ne bougea pas. Il ne dit pas un mot.

— Je suis sérieuse, reprit-elle en se sentant plus forte. Si tu veux parler, tu peux m'appeler et nous pouvons aller boire un café. Tu n'as pas à me malmener.

Brooke s'efforça de garder une voix ferme. Elle espérait qu'il ne pouvait pas entendre son cœur battre la chamade. Il était proche, si proche qu'elle pouvait sentir l'odeur de whisky dans son haleine.

— À moins que ce soit ta nouvelle façon de procéder maintenant ? Intimider les femmes dans les coins sombres ?

Il ne dit toujours rien. Il la fixait toutefois du regard, la dévisageant intensément comme si elle était un problème à régler. Pour être honnête, c'était le cas, en quelque sorte.

Le silence s'installa, dense et lourd, jusqu'à ce qu'elle ne le supporte plus.

— Spencer. S'il te plaît.

Elle ne savait pas ce qu'il avait perçu dans sa voix, mais il fit deux pas en arrière. Ses bras se dégagèrent et la libérèrent.

Pendant un moment, son expression sembla douce. Presque compréhensive. Elle s'autorisa même à écouter la petite voix intérieure pitoyable qui lui disait qu'il lui pardonnerait. Qu'elle avait fait le bon choix il y a cinq ans et qu'un jour l'univers remettrait les choses en ordre.

Brooke savait qu'elle n'avait aucune chance d'avenir avec Spencer... Elle n'avait aucune illusion quand elle était partie et elle était en paix avec ça. Ce qui lui faisait plus mal qu'elle ne le croyait, c'était de savoir que l'homme qui l'avait aimée si tendrement la détestait au plus haut point. Même si la haine était inévitable.

— Parle-moi de cette émission.

Les mots, presque aboyés comme un ordre militaire, la surprirent et elle répondit sans réfléchir.

— J'ai une société de rénovation. Ici. À Austin, je veux dire. Il y a eu un appel pour des propositions. J'ai fait la mienne et...

— Et tu as cru que tu pouvais m'inclure dans le lot ?

— Je n'ai jamais fait ça, rétorqua-t-elle.

Il pencha la tête sur le côté et la hocha lentement.

— C'est exactement ce que tu as fait. M'inclure dans le lot. T'assurer que *ton* émission comporte aussi *mon* nom. Tu pensais que je me prosternerais parce que je dois une émission à la chaîne ?

— Comme je te l'ai dit, ce n'est pas mon idée.

Elle serra la mâchoire, ennuyée qu'il puisse penser, l'espace d'un instant, qu'elle était à l'origine de cette absurdité.

Il se rapprocha sans la toucher, mais suffisamment pour qu'elle puisse sentir son souffle dans ses cheveux.

— Tu n'as pas dit non, pas vrai ?

Elle ne répondit pas. À quoi bon ? De toute évidence, elle n'avait pas protesté. Si elle l'avait fait, ils ne seraient pas l'un en face de l'autre maintenant.

Il hocha la tête. Son expression sévère suggérait qu'il venait de résoudre une énigme intimidante.

— Je vais faire ton émission, mon ange...

— *Ne m'appelle pas comme ça.*

Pas de cette manière. Pas comme si c'était une malédiction maintenant, alors qu'auparavant c'était de la tendresse.

Il plissa les yeux. Le changement était presque indétectable, mais elle le perçut. Pendant un instant, elle pensa même voir de la compassion dans ses yeux. Puis ils redevinrent durs et froid lorsqu'il acquiesça. Un seul mouvement rapide de la tête.

— Je vais faire ton émission, *Brooke*, dit-il, mais seulement selon mes conditions.

— Tes conditions.

Elle ne voulait pas réagir, mais elle ne put s'empêcher de déglutir.

— D'accord. Je te suis. Qu'est-ce que tu veux exactement ?

À nouveau, la main de Spencer se posa sur le mur, mais cette fois ce fut pour se pencher vers elle jusqu'à ce que sa bouche soit près de son oreille.

— Toi, dit-il.

Bon Dieu, elle avait senti les mots résonner en elle, comme un câble chaud qui brûlait chaque partie de son corps et jouait avec elle dans un feu qu'elle n'avait plus le droit de toucher. Pendant un instant, elle fut remplie d'espoir. Puis elle vit la dureté de son regard et l'espoir s'échappa, sombre, perdu et esseulé.

— Je veux que tu sois à ma merci.

— Je... Je ne comprends pas.

— C'est simple, bébé. Tu veux que je fasse ton émission, alors nous sommes de nouveau ensemble. Complètement. Totalement.

Il recula, mais la main qui était sur le mur glissa le long de son bras à partir de son épaule jusqu'à sa main. Elle se figea, s'efforçant de ne pas craquer, pleurer ni courir.

À quel jeu horrible jouait-il ?

Elle voulait le lui demander, elle voulait crier. Pourtant, elle avait peur de parler, même s'il la regardait en attendant qu'elle dise quelque chose.

Devant son silence, les commissures de sa bouche se retroussèrent légèrement. Elle ne savait pas si elle avait marqué un point... Ou si elle s'était empêtrée dans ses filets.

— Je veux que tu te rappelles ce que nous ressentions. Je veux que tu te rappelles comment tu explosais dans mes bras. Je veux que tu me supplies, bébé ! Quand l'émission sera terminée, cette fois, c'est moi qui te tournerai le dos.

Elle avait envie de lui hurler dessus, de frapper son torse avec ses poings et de lui dire que ce n'était pas juste. Qu'elle n'avait pas eu le choix. Pas le choix du tout. Parce que le choix lui avait été retiré et lui avait laissé une plaie toujours béante avec laquelle il jouait.

Elle ne cria pas. Elle ne pleura pas. Elle resta tout simplement là, à subir sa douleur et sa colère, en se disant qu'elle le supporterait parce qu'il le fallait.

— À quel jeu jouais-tu, Brooke ? Est-ce que tu m'as

utilisé pour apprendre le métier ? Pour t'éclater un bon coup ? Ou était-ce seulement un avantage ? Qu'est-ce qui te motive ? Je n'étais pas assez sombre pour toi ? Pas assez méchant pour que papa reste en colère ?

Elle ne prit pas conscience de l'avoir giflé avant de sentir la pointe de douleur dans sa paume.

— Je savais que tu étais dur, pas que tu étais cruel.

Il se frotta la joue.

— Cruel ? Bébé, c'est toi qui as inventé ce mot.

— Connard. Tu n'as aucune idée de... *merde*.

Elle referma la bouche, déterminée à garder le silence.

— Tu connais mes conditions. Accepte-les ou refuse-les.

Elle s'apprêtait à répondre, mais il posa un doigt sur ses lèvres.

— Molly et Andy sont à Los Angeles. Ils seront de retour mercredi avec le contrat. La réunion est à onze heures. Si tu viens... Si tu acceptes le marché... Cela voudra dire que tu acceptes mes conditions aussi. Toutes mes conditions.

Il caressa sa lèvre inférieure d'un doigt.

— Je veux être clair avant que tu prennes ta décision. Si nous faisons ça, tu seras mienne. Quand je le voudrai, comme je le voudrai. J'aurai un contrôle absolu. Je vais te punir, bébé. Crois-moi. Je t'apporterai tant de plaisir que tu me supplieras de ne pas m'arrêter. De ne jamais m'arrêter. C'est le hic, mon beau petit ange. Parce qu'à la fin, je vais tout arrêter. Je vais partir. À ce moment-là, c'est toi qui resteras derrière et qui me désireras sans espoir.

Il laissa son doigt glisser le long de sa lèvre, puis dans son cou, caressant sa clavicule avant de descendre pour effleurer très légèrement son téton. À sa stupéfaction, elle prit une vive inspiration en frissonnant de désir.

Il ne bougea pas, mais elle vit dans ses yeux qu'il avait compris. Quand les lèvres de Spencer formèrent un sourire, elle sut qu'elle avait perdu cette manche.

— Tu veux ton émission ? dit-il. Alors, je veux ma revanche.

Sur ce, il se retourna et quitta la pièce, disparaissant dans le noir pendant que les genoux de Brooke cédaient. Elle se laissa tomber au sol… et dans ses souvenirs.

SIX

Cinq ans plus tôt

— Tu es folle, dit Spencer en riant alors qu'il attirait Brooke sur ses genoux. Tu le sais, non ?

Elle se blottit tout contre lui, respirant l'odeur de la sciure de bois et de la térébenthine.

— Seulement parce que je crois que nous devrions fuir sur ta moto après le mariage plutôt que de partir en limousine ? Ça ne fait pas de moi une folle. Je suis seulement folle de toi.

Elle leva la tête juste assez pour l'embrasser sur les lèvres, au-dessus de sa barbe. Elle se détendit quand le bras de Spencer se resserra autour d'elle.

— Alors, nous sommes à égalité. Parce que je suis fou de toi, moi aussi.

L'humour et l'amour s'entremêlaient dans sa voix et elle sourit, heureuse d'entendre son intonation joyeuse. Ces derniers jours avaient été si difficiles pour lui. Pour eux tous.

Honnêtement, la nouvelle était si tragique, si déchirante, qu'elle avait même proposé de repousser le mariage. Il ne voulait rien entendre.

— Repousser le mariage ne changerait rien. En plus, je ne peux pas te laisser l'opportunité de trouver quelqu'un de mieux, non ?

C'était sur le ton de la plaisanterie, mais les mots l'avaient fait grimacer. Parce que, même si elle l'aimait d'une force qui l'effrayait parfois, elle savait qu'il avait secrètement peur qu'elle retrouve la raison, qu'elle se rende compte que ses parents disaient vrai et qu'elle se dégotte un homme avec un doctorat et un fonds de placement pour l'épouser.

Mais bien sûr.

Brooke n'avait peut-être que vingt-trois ans, mais elle savait qui elle voulait. C'était Spencer. Elle se fichait éperdument de ce que ses parents pouvaient penser de lui ou de sa famille.

Spencer ne lui avait jamais caché son passé. Il lui avait répété sans relâche que sa famille désapprouverait, et il voulait qu'elle se lance dans cette relation en toute connaissance de cause. Parce qu'il la voulait depuis la première fois qu'il avait posé les yeux sur elle. Il lui avait raconté son histoire la nuit de leur rencontre.

Cela s'était passé vers minuit, il y avait environ deux ans, quand il s'était arrêté à moto pour l'aider à changer un pneu. Certes, *l'aider* n'était pas le terme exact, puisqu'elle n'avait rien fait, si ce n'est chercher le numéro de *Mondial Assistance* dans son sac pour appeler une dépanneuse. L'assistance s'était manifestée sous la forme d'un homme ténébreux à la barbe négligée, une veste en cuir et un jean ajusté qui lui avait coupé le souffle.

Il avait changé le pneu en un temps record, puis il lui avait demandé s'il pouvait lui payer une bière. Elle n'avait jamais compris ce qui l'avait poussée à accepter, mais elle pense que c'était un éclat dans ses yeux. Les petites taches dorées dans le brun de ses iris qui ressemblaient à des étoiles, et ces étoiles semblaient lui promettre l'univers. Comme s'il avait le pouvoir de poser le monde à ses pieds.

Son *oui* avait été à peine audible, mais suffisamment. Elle l'avait donc suivi, au volant de sa voiture, vers une boîte aux couleurs locales dans la partie Est d'Austin où elle ne s'était jamais aventurée.

Ils avaient joué au billard, bu de la bière, et ils avaient échangé leurs histoires. Il n'avait pas caché son enfance difficile dans l'un des quartiers les plus durs de l'Est d'Austin. Ni même que son frère se trouvait dans le couloir de la mort.

— Je voulais que tu le saches, dit-il.

C'était ce dont elle avait désespérément besoin.

— Mon père, Billy, était une petite racaille blanche typique. Pendant son adolescence et sa vingtaine, son gang était sa famille.

Ensuite, Billy avait rencontré Carina, la femme qui deviendrait la mère de Spencer, et il avait juré de se refaire un nom. Il avait réussi à sortir de la vie de gang et à gagner sa vie correctement en travaillant dans le bâtiment. Ils s'étaient mariés, ils avaient eu Richie, puis sept ans plus tard, Spencer était venu au monde.

Carina était morte quand Spencer avait quatre ans. Des

complications d'une troisième grossesse. Ni la mère ni l'enfant n'avait survécu.

— Je ne me souviens que de fragments, mais mon père avait perdu le contrôle. C'est à ce moment que Richie s'est imposé comme l'homme de la maison. Du haut de ses onze ans, il nous soutenait tous.

— Ce n'est pas possible.

— Si, lui avait dit Spencer. C'est ce qu'il a fait. Et pour ça, il devait trouver un autre type de famille.

— Un gang.

— Les Huit Rouges. Il a mis les mains dans la drogue, les armes, probablement le trafic humain, même si je n'en suis pas certain. Tu as entendu parler d'eux ?

Elle secoua la tête.

— Je ne pense pas.

— Tu as dit que tu vivais à Westlake, c'est ça ?

Elle se sentait embarrassée d'admettre qu'elle provenait d'un quartier aisé d'Austin, mais elle acquiesça.

— Alors ?

— Pas étonnant que tu n'en aies jamais entendu parler. Les faits et gestes de la racaille franchissent rarement les limites de ce quartier.

— On dirait que tu parles en connaissance de cause.

— Je suis allé à Trinity, expliqua-t-il avant de rire quand elle écarquilla les yeux à la mention de l'école privée élitiste. Ne t'inquiète pas. Pas un dollar de gangster n'a financé mon éducation. J'y suis allé du collège jusqu'à la seconde. Grâce à leur bourse. C'était dans le cadre d'un programme de proximité. Mon frère a vraiment insisté pour que je puisse y aller et mon père a pratiquement harcelé le comité jusqu'à ce qu'il cède.

— C'est super.

Il acquiesça.

— Oui, mon père s'était enfin ressaisi en comprenant ce que Richie faisait pour que nous ayons à manger sur la table. Il s'est donné pour but de s'assurer que je ne m'englue pas dans la vie de gang. Pas difficile, parce que Richie ne voulait pas que j'y entre non plus.

— Richie y est resté ?

— Oui. Même si mon père faisait tout pour le convaincre de se ranger, dit-il en soupirant. Ce choix a coûté cher à Richie.

La peine de mort.

Spencer en avait souffert, lui aussi. Il avait abandonné l'école après l'arrestation de Richie.

— J'ai déraillé. J'étais en colère contre le monde entier. Contre la vie. Contre tout. J'ai eu de la chance de ne pas me retrouver en famille d'accueil ou dans un centre de détention pour mineurs. Ou de ne pas avoir été jugé en tant qu'adulte. On aurait pu croire que j'aurais compris, après ce qu'il s'était passé avec Richie, mais j'essayais d'être comme lui, en quelque sorte. J'étais une vraie loque.

— Pourtant tu as réussi à t'en sortir.

— J'ai mis toute mon énergie à travailler de mes mains. La charpenterie. La maçonnerie. La toiture. Les encadrements. L'électricité. Si je ne connaissais pas déjà, j'apprenais.

À présent, à l'abri dans les bras de Spencer sur le canapé, elle pensait à cet homme qu'elle n'avait rencontré qu'une seule fois derrière un morceau de plexiglas. Un homme qui vivait dans une cellule depuis dix ans, à l'époque. Ils avaient parlé par le biais de vieux combinés et Spencer l'avait présentée comme sa future épouse.

Le visage de Richie s'était illuminé à cette nouvelle.

— Tu t'en sors bien, petit frère. Ne merde pas.

Spencer avait ri en embrassant sa fiancée.

— Ça n'arrivera jamais.

Il y avait de l'espoir dans l'air ce jour-là. Les avocats de Richie se querellaient sur un nouvel appel, ce matin-là. Avec un peu de chance, il pourrait sortir. Au moins, la famille espérait qu'on lui épargnerait le couloir de la mort.

Brooke frissonna, submergée par la douleur du souvenir. Ce n'était jamais arrivé.

— Ça va ?

— Seulement un frisson, mentit-elle en tirant le plaid sur leurs épaules. C'est parfait.

Il ricana.

— Oui, dit-il. Tu es parfaite.

Elle se retourna dans ses bras, puis elle appuya sa paume contre la joue de Spencer.

— Est-ce que tu vas bien ?

Pendant un instant, elle crut qu'il allait mentir et lui dire que tout allait bien. Qu'il allait assurer. Puis il cligna des paupières et elle vit une larme dans ses yeux et, quand il parla, sa voix était rauque, à vif, pleine de colère, de douleur et de désespoir.

— Je n'arrive pas à croire qu'ils vont réellement le faire. Trois mois et mon frère sera parti.

Des larmes coulèrent aussi sur ses joues.

— Je sais. J'aimerais tant... Je donnerais tout pour changer les choses. Pour qu'il aille mieux. Pour toi.

Ils avaient appris la veille, deux jours avant leur

mariage, que le dernier appel de Richie avait été refusé et que la date de son exécution avait été programmée. Brooke ne s'était jamais sentie aussi impuissante que le jour où elle avait vu Spencer prendre cet appel, puis s'effondrer sur sa chaise comme si toutes ses forces avaient quitté son corps.

— C'est le cas, mon ange, dit-il en lui caressant les cheveux. Tu ne sais pas que tu améliores tout ce que tu touches ?

— Spencer.

L'émotion la submergea, si intense qu'elle pouvait à peine respirer. Jamais de sa vie elle ne s'était sentie aussi bien que dans ses bras. Chérie, aimée. Belle. Avec Spencer, elle croyait que tout était possible. Qu'elle pourrait avoir la vie qu'elle désirait et non celle que ses parents avaient choisie pour elle. Qu'elle pourrait faire en sorte que ça fonctionne. Cela lui déchirait le cœur qu'ils doivent affronter ensemble l'exécution de Richie. C'était la preuve douloureuse que même dans les bras de la perfection, le monde pouvait aller mal, terriblement mal.

— Viens là, fit-il sans lui laisser le temps de répondre.

Il enfouit ses doigts dans ses cheveux au niveau de sa nuque, puis il l'attira à lui. Il l'embrassa longuement et lentement. Un baiser au goût de soleil qui lui promettait le monde. Un baiser fort et magique qui avait le pouvoir de leur faire traverser la douleur de l'exécution de Richie pour arriver vers leur future vie commune.

Un baiser qui éveillait la passion alors qu'ils se serraient l'un contre l'autre, attendant tous les deux le déclencheur. La connexion.

Elle se souleva pour pouvoir le chevaucher. Elle portait un vieux pantalon de survêtement qu'elle avait coupé pour en faire un short, sans rien d'autre en dessous. En cet instant, le doux tissu était remonté le long de ses jambes, laissant ses fesses nues et ses cuisses frotter contre le jean d'une manière follement érotique.

Avec Spencer, l'envie n'était jamais loin sous la surface, et à présent, elle s'enflammait. La douceur de ce premier baiser laissait place à l'abandon, plus intense et éperdu aujourd'hui parce qu'ils voulaient tous les deux oublier... Oublier l'exécution de Richie, la désapprobation de sa famille, la frustration d'un monde qu'ils ne pouvaient pas contrôler.

Or cela, cette férocité qui les unissait, c'était quelque chose qu'ils pouvaient revendiquer, contrôler et célébrer.

— J'ai besoin de toi.

Les grognements de Spencer la parcouraient, son timbre l'affectant aussi intimement qu'une caresse.

— Je suis à toi, souffla-t-elle d'une voix rauque de désir. S'il te plaît, Spencer. Je...

— Oui. Oh, oui.

Il l'emprisonna à nouveau d'un baiser, et cette fois, sa main libre glissa sous son débardeur. Ses doigts jouaient avec ses seins nus, envoyant des vagues d'électricité à travers son corps.

Sans aucune gêne, elle se frotta contre son bassin. Il était dur, son jean tendu par son érection. Tant pis, elle ne voulait pas attendre. Elle mordilla la lèvre inférieure de Spencer tout en détachant le bouton de son pantalon, puis la fermeture éclair.

— Mon Dieu, murmura-t-il en se libérant de son boxer. Si tu veux y aller lentement, je crois que je vais mourir.

— Vite, convint-elle pendant que Spencer glissait ses mains le long de sa taille, puis sous le molleton de son short.

Elle était désespérément humide. Il jouait avec elle du bout des doigts, avec son clitoris, la faisant haleter.

— S'il te plaît, supplia-t-elle. Je te veux en moi.

Il obéit, insérant un doigt en elle, qu'elle chevaucha sans honte pour lui laisser comprendre que ce n'était pas de ses doigts qu'elle avait envie.

— Alors, montre-moi, dit-il d'un ton enjôleur.

Elle tendit la main pour défaire le cordon qui maintenait son short, mais il l'arrêta.

— Non, dit-il tout en écartant l'entrejambe sur le côté. Comme ça.

Ces mots ressemblaient à un ordre et elle obéit de bon cœur, se frottant contre son sexe jusqu'à ce que l'extrémité soit en elle, puis, lentement – d'une lenteur si délicieuse, presque douloureuse –, elle le prit en elle. Elle voulait le chevaucher langoureusement pour faire durer le plaisir, mais c'était hors de question.

Son corps lui demandait d'aller vite et fort... tout comme Spencer. Il avait les mains sur ses hanches et, à chacun de ses mouvements, il la ramenait vigoureusement contre lui. La chair attendrie de Brooke frictionnait le jean qu'il portait toujours, et cette sensation contre son clitoris venait accroître celle de sa verge en elle, la faisant grimper de plus en plus haut.

— Je ne peux plus attendre, dit-il.

Dans un cri, elle lui répondit qu'elle était toute proche, elle aussi. Elle jouit avec une violence sauvage. Son corps se disloqua de la plus merveilleuse des manières avant de se reconstituer lentement dans ses bras, dérivant dans un océan béat.

Elle avait dû s'endormir, car l'instant d'après, elle était seule.

— Spencer ?

Sa voix était grave, enrouée, et elle se redressa sur un coude en le cherchant dans le noir.

Un rayon de lumière filtrait autour de la porte de la salle de bain qu'il avait laissée entrouverte. Immédiatement, une vague de soulagement la submergea et ce fut à ce moment qu'elle prit conscience qu'elle était folle d'inquiétude de s'être réveillée sans lui.

— C'est idiot, murmura-t-elle avec l'intention de se retourner et de se rendormir.

Soudain, elle les entendit.

Ses sanglots dans la salle de bain. L'angoisse de perdre l'homme qui avait été comme un père pour lui pendant la plus grande partie de son enfance. L'angoisse de perdre son père, aussi. Non par la mort, mais par la démence, victime d'une attaque qui avait frappé le vieil homme le jour où le premier appel de Richie avait été refusé.

Pendant un instant, elle envisagea d'aller le rejoindre, mais elle resta au lit, les couvertures serrées sous son menton, les yeux fermés tout en priant pour trouver un moyen de sauver Richie. En le sauvant, elle sauverait aussi l'homme qu'elle aimait.

Brooke avait fait son deuil, ses parents ne viendraient pas à son mariage. Sa mère avait évité de parler du sujet qui fâche, prétextant qu'elle était de garde toute la semaine à l'hôpital et qu'elle ne pouvait pas s'absenter. Une excuse ridicule, puisque le mariage avait lieu chez un ami au centre d'Austin, à quelques minutes de route seulement de l'hôpital où la mère de Brooke travaillait.

Son père n'avait pas pris la peine d'enrober son absence dans une fausse excuse. Il avait seulement dit qu'elle était une petite fille trop gâtée qui n'appréciait pas tout ce qu'il avait fait pour elle. Si elle voulait épouser un homme qui venait de *ce* genre de famille, alors elle devait le faire seule.

Leur décision lui convenait, même si ça faisait mal de savoir que ses parents étaient prompts à couper tous les liens avec leur petite fille qu'ils prétendaient aimer si fort.

Elle ne se faisait pas d'illusions sur son père. Randall Hamlin voyait le monde en noir et blanc, sans aucune nuance de gris. C'était cette perspective qui avait nourri tous les procès qu'il avait gagnés, et pour l'instant, il les avait tous remportés.

Elle n'était pas prête à supporter une confrontation quand il vint la voir à son appartement, la nuit précédant son mariage.

— Tu es toujours déterminée à continuer cette mascarade, je présume ?

— Papa, je t'aime, mais c'est terminé. Si tu es venu pour me convaincre de ne pas me marier, alors va-t'en ! J'ai des amies qui vont arriver dans quelques heures et nous allons faire la fête en buvant et en regardant des comédies romantiques. Je n'ai pas besoin que tu t'immisces dans ma tête. D'accord ?

Elle avait commencé à refermer la porte, mais il fit un

pas dans l'embrasure, une main en avant pour empêcher la porte de se fermer.

— Je ne suis pas venu pour ça. S'il te plaît, ma petite fille. Écoute-moi.

Elle avait presque insisté pour qu'il parte, mais ça faisait si longtemps qu'il n'avait pas employé ce surnom que cela avait brisé toutes ses défenses. De plus, malgré tout ce qu'il pouvait être, il restait son père. Au fond, elle souhaitait arranger les choses.

— Tu as dix minutes, avait-elle dit en ouvrant complètement la porte pour le laisser entrer.

Il fit un pas à l'intérieur. Avant même qu'elle ait le temps de lui offrir un verre, il avait pris la parole.

— J'ai contacté le gouverneur. Si je le lui demande, il veut bien gracier Richard Dean.

Tout l'air s'échappa de ses poumons. Elle était heureuse de ne pas avoir un verre à la main.

— Qu'est-ce que tu veux dire ? Tu peux le faire libérer ?

— Non, pas ça. En revanche, je peux faire réduire sa peine. Retirer la peine de mort. Il aura la prison à perpétuité. Avec la possibilité d'une libération conditionnelle.

— Je vois.

Elle s'humecta les lèvres, son cœur battant si fort qu'elle avait du mal à réfléchir.

— C'est... Papa, c'est incroyable, dit-elle en tendant la main pour prendre son téléphone. Je dois appeler Spencer. Il sera...

— Non.

Les mots étaient sortis avec la force d'un ordre et elle s'était figée, parcourue de sueurs froides.

— Tu sais que je suis proche du gouverneur. Ce que je

te dis maintenant, c'est ce dont j'ai déjà discuté avec lui. Il me suffit d'un mot et il le fera.

— Et quand diras-tu ce mot ?

— Quand tu refuseras ce mariage. Quand tu te détourneras de cet homme.

Elle ferma les yeux. À présent, elle savait ce que l'on pouvait ressentir quand on haïssait une personne que l'on avait déjà aimée.

— C'est horrible.

— Tu trouves ?

— Oui, tu joues avec la vie d'un homme et tu fais de moi le pion d'un jeu moyenâgeux.

— Il a déjà choisi sa voie. Il a conduit une voiture. Il a été impliqué dans un meurtre.

— Ce n'est pas vrai. Il pensait qu'il emmenait un ami à l'épicerie. Il ne savait pas que le mec allait le cambrioler et encore moins tuer le caissier.

— Il a participé. En plus, il était armé.

— Parce qu'il a toujours une arme sur lui. Elle était dans son étui, sous sa veste, mais il était dehors sur le parking et...

— Tentative de meurtre. Il conduisait la voiture.

— Mauvais endroit, mauvais moment.

— Peut-être. C'est peut-être aussi la raison pour laquelle je te fais cette offre.

— À la condition que je me détourne de l'homme que j'aime.

C'était un cauchemar. Un atroce cauchemar sans fin.

— Tu vas laisser un homme mourir.

— La loi est claire, reprit son père d'une voix froide. Ma conscience l'est tout autant.

— Papa.

Elle percevait la détresse dans sa propre voix et elle détestait cela. Elle allait se mettre à genoux et supplier, si cela pouvait le convaincre.

Elle savait malheureusement que c'était peine perdue.

— Tu dois partir, lui dit-il. Sans lui expliquer pourquoi... Je ne peux pas risquer que la réputation du gouverneur soit entachée. Ni la mienne, d'ailleurs. Fais-le, Brooke. Sans regarder en arrière.

Il partit sans ajouter un mot de plus, la laissant seule pour prendre sa décision.

Elle annula sa soirée entre filles, puis elle passa toute la nuit à essayer de décider quoi faire. Un mariage contre la vie d'un homme.

Elle était toujours éveillée quand le soleil se leva. Elle s'habilla d'un air hébété pour aller chez son ami, où elle devait se marier. Ce n'était pas une fête sophistiquée et elle avait sa robe blanche sur le bras, sans savoir ce qu'elle allait faire.

Ce ne fut qu'après avoir vu Brian, le meilleur ami de Spencer à Trinity, qu'elle commença à y voir plus clair.

— Salut, beauté, lui lança-t-il alors qu'elle remontait l'allée de gravillons vers la maison des invités où le mariage aurait lieu.

Elle se tourna en reconnaissant la voix, mais elle ne vit pas tout de suite son interlocuteur. Puis elle aperçut Brian, assis sous le kiosque, une bière à la main. Elle traversa la pelouse pour le rejoindre avec un sourire qu'elle voulait sincère. Malgré le fait que c'était le jour de son mariage, elle n'avait pas le cœur à la fête.

Il leva sa bière pour la saluer en lui offrant un sourire

éblouissant. Avec ses yeux à la Robert Redford, son look de fils à papa et son attitude de banquier de haut vol, difficile de croire que ce soit l'un des meilleurs amis de Spencer. Ils s'étaient rencontrés lors de sa rentrée à Trinity et ils s'étaient liés d'amitié.

Quand bien même ils avaient pris des parcours différents – Spencer avait abandonné les cours et Brian progressait rapidement vers un master de commerce –, ils se voyaient régulièrement pour boire une bière, regarder le football et parler de tout et de rien. Si souvent que Brooke en était venue à bien connaître Brian et elle appréciait sa compagnie.

Bien sûr, il y avait eu des moments embarrassants. Brian n'avait jamais caché son attirance envers elle. Même si elle était totalement dévouée à Spencer, elle devait admettre qu'il était assez bel homme. Dans un monde sans Spencer, elle aurait pu accepter l'une de ses avances. Mais en l'espèce, il n'était qu'une belle pièce dans le paysage, à la périphérie de sa vie.

— Est-ce qu'il se prépare ?

Brian acquiesça.

— La nuit a été agitée. Il n'a pas arrêté de dire que si les choses étaient différentes, Richie aurait été son garçon d'honneur. Il ne m'a pas donné ce rôle à contrecœur, mais...

— Oui, je sais.

— Ça va ? demanda Brian en la dévisageant.

— Bien sûr. Je n'ai pas assez dormi. Classique pour une future mariée.

— Hmm, dit-il en l'examinant un peu plus longuement tout en fronçant les sourcils. Tu n'es pas fâchée à propos de la lune de miel, au moins ? Ou de l'absence de lune de miel.

— Tu plaisantes ?

Pendant plus d'un an, Spencer avait tiré les ficelles pour se créer un réseau afin de lancer une émission sur l'immobilier. Il venait *enfin* de décrocher un contrat avec la chaîne *Design et Destinations* pour une émission intitulée *Chez Spencer*. Les producteurs s'étaient même engagés pour une programmation de cinq ans sans précédent. Le hic, c'était que le producteur voulait commencer à tourner tout de suite, et pour cela, Spencer et Brooke avaient dû annuler leur lune de miel.

— On voyagera quand on voudra, dit Brooke avec honnêteté. Cette opportunité est bien trop importante.

— C'est ce que je pensais. Je voulais seulement en être sûr. Tu n'avais pas l'air bien.

Elle se força à sourire.

— C'est exactement ce qu'une future mariée a envie d'entendre.

— Tu veux en parler ?

Elle soupira. Puisque Brian en pinçait pour elle, elle essayait de garder ses distances afin d'éviter les situations embarrassantes étant donné qu'il n'y avait pas de réciprocité.

Habituellement, elle aurait seulement laissé passer son commentaire sans chercher à approfondir. Mais ce jour-là, avec son cœur en miettes et sa confusion mentale, elle accepta sa proposition et décida de s'épancher, du moins un peu.

— C'est à propos de Richie. Je me sens mal par rapport à lui.

— Oui, cette histoire mine Spencer à petit feu. Et les choses ne vont pas s'améliorer.

— Qu'est-ce que tu veux dire ?

— C'est un vrai coup du sort, mais on ne peut rien y faire. D'après Spencer, il est capable d'assurer. De toute façon, la chaîne ne peut pas reprogrammer l'émission. Alors, ils sont dans une impasse. Je pense que Spencer a peur qu'ils annulent tout.

Des sonnettes d'alarme retentirent dans la tête de Brooke.

— Brian. De quoi tu parles ?

— Le premier jour du tournage. C'est celui de l'exécution de Richie.

Elle frissonna, puis elle ferma les yeux. Elle les rouvrit en sentant que Brian lui prenait la main.

— Il refuse d'aller sur le tournage, c'est ça ?

Elle connaissait la réponse. Il n'abandonnerait jamais Richie, et certainement pas à la fin.

Brian lui serra la main et elle se raccrocha à lui, cherchant du réconfort.

— Ce sont des enfoirés, dit-elle. Ils ne peuvent pas le repousser d'un jour ?

— Tu dois le lui dire, Brooke, répondit Brian. Dis-lui que Richie ne voudrait pas qu'il rate cette opportunité.

Elle ne pouvait pas lui dire ça. Il n'écouterait jamais et elle n'y croyait pas, de toute façon.

Il y avait toutefois une chose qu'elle pouvait faire. Une chose qui arrangerait tout, qui sauverait Richie et l'émission.

Tout ce que ça lui coûterait, c'était son bonheur. Et celui de Spencer.

<h1 style="text-align:center">SEPT</h1>

La sensation du corps de Spencer et son parfum s'accrochèrent à Brooke pendant des jours. La manière dont il s'était pressé contre elle dans la réserve au *Fix*. Sa peau contre la sienne. Sa voix rauque. La promesse du châtiment de si mauvais augure.

Même si elle essayait de se concentrer sur son travail et sur son entreprise, c'était Spencer, toujours lui, qui emplissait ses pensées.

Ainsi que l'exigence qu'il avait exprimée. Ou, pour être plus précise, sa menace.

Elle referma les bras autour de son buste tout en se rejouant la scène dans sa tête.

— La réunion est dans quelques heures et je ne sais vraiment pas ce que je dois faire, dit-elle à Amanda. Il me déteste.

— Tu l'as planté devant l'autel. Ce n'est pas un bon moyen de conserver la flamme.

Brooke appuya sur ses tempes.

— Merci d'éclairer ma lanterne.

Elles étaient dans l'appartement d'Amanda en ville et elles prenaient le petit-déjeuner sur son balcon qui surplombait le lac Lady Bird – malgré son nom, ce n'était pas un lac, mais plutôt un fleuve qui traversait la ville d'Austin.

— Comment puis-je travailler avec un homme qui me hait ?

Brooke n'avait pas précisé à Amanda les exigences très spécifiques et très intenses de Spencer. Tout ce qu'elle avait dit, c'était qu'il l'avait coincée dans un coin au *Fix* et qu'il avait été très clair quant au fait qu'il n'appréciait pas du tout d'être entraîné de force dans l'émission et qu'il allait lui faire subir son mécontentement.

— Des acteurs professionnels travaillent ensemble tout le temps et certains d'entre eux se détestent, indiqua Amanda. En plus, tu as dit que tu étais partie parce que tu avais la trouille, c'est ça ? Est-ce que tu le lui as expliqué ? Je veux dire, ce n'est pas idéal, mais on peut le comprendre.

C'était l'histoire qu'elle avait dite à Spencer lors de ce terrible jour. Tout s'était passé si vite. Ils avaient besoin de temps l'un sans l'autre pour réfléchir et mûrir. De cette manière, elle pensait qu'elle pourrait déjouer son père. Spencer et elle allaient ralentir, puis, une fois que Richie serait en sécurité et qu'il n'y aurait plus de retour en arrière, elle expliquerait tout à Spencer. Ils pourraient alors se remettre ensemble et son père aurait raté sa chance.

Inutile de mentionner que les choses n'avaient pas fonctionné de cette manière. Son père la connaissait bien et il lui avait dit franchement que si elle tentait de la lui faire à l'envers en se réconciliant avec Spencer après que le gouverneur eut accordé sa grâce, alors il ébruiterait le casier juvénile de Spencer, son affiliation avec les gangs et tous les aspects les plus sombres que Monsieur Hamlin pourrait trouver au sujet de Spencer.

— Ensuite, nous verrons comment se présentera sa précieuse émission. Ma petite fille ne se mettra pas avec un voyou. Voilà comment ça va se passer.

Il avait joué avec elle comme avec une marionnette et elle avait accepté ce jeu. Elle avait connu cela toute sa vie. Finalement, elle s'était détournée de l'homme qu'elle aimait avec pour seule consolation la certitude d'avoir sauvé son frère.

Après l'annulation du mariage, elle était partie à Dallas en école de médecine. Non parce qu'elle le voulait, mais parce que son père avait insisté. Sans Spencer pour lui donner de la force, elle n'avait opposé aucune résistance.

Là-bas, elle avait été seule. Horriblement seule.

Elle avait vingt-trois ans, mais elle se sentait beaucoup plus jeune. Perdue et effrayée. Seule et désespérée. Très en colère, aussi. Grand Dieu, elle était furieuse ! Contre elle-même. Contre son père. Contre le monde entier.

Elle en avait même voulu à Spencer de croire qu'elle pouvait le trahir. Il aurait dû comprendre. Il aurait dû se rendre compte que quelqu'un tirait les ficelles.

Il ne s'était douté de rien et elle avait vécu comme un zombie pendant des mois, relevant seulement la tête à la fin de la première année quand elle avait trouvé la force de partir. L'émission de Spencer était sur les ondes à ce moment-là, mais elle n'avait regardé que les premières minutes du premier épisode avant de comprendre que c'était encore trop difficile.

Elle avait entendu parler de l'émission. Elle savait que

c'était un succès instantané. Que le nom de Spencer Dean était sur toutes les lèvres, avec à l'appui un magazine et un livre. Elle était heureuse pour lui et quand Brian l'avait appelée pour lui dire qu'il était en ville, Brooke l'avait tout de suite invité chez elle pour boire un verre. Elle désirait retrouver cette petite connexion avec le passé... et avec Spencer.

— Honnêtement, je ne l'ai pas vu depuis longtemps, avait dit Brian quand elle lui avait demandé de ses nouvelles. Je travaille d'arrache-pied, je fais de la gestion financière maintenant, et il est tellement occupé avec l'émission, avait-il ajouté en haussant les épaules. Tu vois ce que je veux dire.

Elle avait dit qu'elle comprenait. Ensuite, elle lui avait offert un verre pendant qu'ils rattrapaient le temps perdu. Ils étaient restés un moment dans son appartement avant d'aller manger dehors, puis ils étaient revenus pour un autre verre. Elle aurait peut-être dû arrêter les frais plus tôt, mais c'était Brian, après tout. Une présence constante dans sa vie tout le temps où elle avait été avec Spencer.

Elle n'aurait peut-être pas dû l'inviter chez elle.

Elle n'aurait peut-être pas dû prendre ce dernier verre.

Peut-être que, si elle avait fait les choses différemment, rien de tout cela ne serait arrivé.

C'était pourtant le cas.

Elle frissonna en chassant cet horrible souvenir.

Non. Et pourtant, bon sang, c'était arrivé. C'était arrivé !

Il avait mis quelque chose dans son verre. Il lui avait enlevé son libre arbitre. Il avait pris le contrôle.

Elle ne lui pardonnerait jamais, au grand jamais, ce qu'il lui avait fait.

En même temps, elle devait le remercier. Cette affreuse nuit avait changé sa vie. Changé sa perspective. Elle avait fini par quitter l'école de médecine parce qu'elle ne voulait plus être la marionnette de ses parents.

Cela avait été la meilleure décision de sa vie. Maintenant, elle avait une entreprise qu'elle aimait. Qu'elle pouvait gérer selon sa propre vision et ses choix.

Une entreprise que Spencer menaçait.

Parce que cette fois, c'était Spencer qui voulait prendre le contrôle de sa vie.

Spencer qui voulait la punir. Qui la voulait à sa merci.

Elle trembla, troublée par le souvenir de ces mots qui la raillaient à nouveau. L'ennui, c'était qu'elle n'était pas certaine de pouvoir satisfaire ses exigences.

Après Brian, elle s'était juré de ne plus jamais laisser un homme prendre le contrôle. La vérité était plus inquiétante.

Il ne s'agissait pas d'une promesse. Après tout, les promesses pouvaient être enfreintes. Non, *l'idée* même la terrifiait. Lui broyait les entrailles. Faisait battre son cœur plus fort.

Avec Brian, elle avait craint d'être vulnérable et elle lui en avait beaucoup voulu.

En même temps, il n'y avait pas de retour en arrière possible. Alors, qu'était-elle censée faire maintenant ?

Amanda lui avait imposé un mimosa, lui promettant qu'elle

serait plus détendue pour son déjeuner d'affaires. Honnêtement, Brooke devait admettre que son amie marquait un point. Le cocktail avait réussi à vaincre son agitation et même à changer le cours de la conversation, lui faisant oublier Spencer et la situation difficile dans laquelle elle se trouvait. Mais maintenant, de retour dans sa petite villa sur Travis Height où elle comptait changer de vêtements et récupérer ses notes, Brooke sentit ses nerfs recommencer à faire des claquettes.

Quand je veux.

Comme je veux.

J'aurai un contrôle absolu.

Un frisson la parcourut quand les mots de Spencer retentirent à nouveau dans sa tête. Elle se dit qu'elle s'inquiétait pour rien.

Certes, il s'était comporté comme un mufle en lui imposant ce genre de conditions pour travailler avec elle, mais ce n'était pas le problème.

Le problème était de savoir si elle pouvait le faire, et la réponse était oui. Il le fallait. Parce qu'elle l'avait déjà fait auparavant. C'était Spencer, après tout. Combien de fois s'était-elle donnée à lui ? Combien de fois s'était-elle abandonnée à ses caprices, à ses désirs ? Combien de fois avait-elle capitulé sous ses caresses et son plaisir ?

Impossible de compter, et pourtant, pas une seule fois il n'était allé trop loin ni n'avait trop insisté.

Mais c'était *avant*.

Avant qu'elle parte.

Avant Brian.

Avant que l'idée de laisser le contrôle à quelqu'un

d'autre lui donne envie de se mettre en boule dans un coin et de se cacher.

Elle n'était pas restée cloîtrée, ces cinq dernières années, mais elle n'avait pas eu de véritable relation. Elle ne faisait pas assez confiance pour s'ouvrir à ce genre d'intimité. Au-delà du sexe, si un homme dépassait les bornes, elle coupait aussitôt les ponts. C'était elle qui gardait le contrôle. Toujours. Au moindre changement dans la relation, elle déguerpissait.

C'était bien en cela que consistait le contrôle, n'est-ce pas ?

Andrea, sa psychologue, lui avait dit qu'il n'y avait aucun mal à s'accrocher au contrôle si cela pouvait calmer ses cauchemars et son anxiété. C'était le cas. Après un an, elle se sentait presque à nouveau elle-même. Les cauchemars étaient partis et elle ne finissait plus dans les toilettes avec des crises de panique chaque fois qu'elle dînait ou buvait un verre avec un homme.

En revanche, se laisser aller au lit ? Andrea l'avait aidée à s'ouvrir un peu, mais c'était une intimité qu'elle n'était pas prête à céder.

Pendant un moment, elle envisagea d'appeler Andrea et de lui donner l'exclusivité sur la situation inextricable dans laquelle elle se trouvait. La psychologue avait quitté Austin deux ans plus tôt pour accepter un poste à Baltimore. Elle avait proposé à Brooke de lui recommander quelqu'un, mais cette dernière avait refusé, lui assurant qu'elle se sentait à nouveau équilibrée et entière.

À ce moment. Maintenant, cependant...

Maintenant, elle devait sans doute se reposer sur l'Andrea qui vivait dans sa tête.

Un coup de sonnette brutal l'empêcha de se perdre dans ses souvenirs et ses peurs.

— J'arrive ! lança-t-elle en se dirigeant vers l'entrée.

Elle se demandait qui cela pouvait bien être à treize heures un mercredi.

Elle ouvrit, laissant la porte-moustiquaire fermée, et elle se figea. *Son père.*

— Papa.

— Brooke.

Il ne demanda pas à entrer, planté là comme si c'était son droit. Comme s'il était hors de question qu'elle le lui refuse.

Elle déverrouilla la porte et l'ouvrit.

Elle avait rarement vu ses parents au cours des cinq dernières années. Cela dit, elle n'avait pas coupé les ponts. À sa connaissance, sa mère n'avait pas joué de rôle dans l'ultimatum et l'annulation de son mariage. En ce qui concernait son père, il lui avait imposé une décision impossible, mais en fin de compte, c'était elle qui l'avait prise. Même s'il n'avait pas été heureux qu'elle quitte l'école de médecine, il avait fini par admettre que c'était sa vie.

Il avait accepté à contrecœur, mais ils n'étaient pas proches. Elle savait qu'ils ne le seraient jamais plus.

— Tu sembles bien installé, dit-il en passant devant le salon.

Elle grimaça en entendant l'étonnement dans sa voix, mais elle demeura imperturbable.

— C'est mon métier, papa.

Il en faisait trop pour briser la glace.

— Tu as cru que j'avais acheté parce que ce n'était pas

cher ? Traite-moi de folle si tu veux, mais j'aime les sols et les plafonds.

La petite maison dans ce quartier populaire d'Austin avait été abandonnée pendant des années après un procès immobilier. Elle était délabrée, mais la charpente était solide. Quand Amanda la lui avait montrée, Brooke en était tombée amoureuse.

À ce moment, son entreprise de rénovation commençait à décoller et elle avait beaucoup de temps à consacrer aux travaux. Elle avait rénové le bureau en annexe en premier, puis elle l'avait utilisé pour ses réunions avec les clients potentiels afin de leur donner un avant-goût de ce que son équipe pouvait faire. Chacun des clients qui étaient venus chez elle avait signé au bas de la page.

Il n'y avait aucun doute, la petite maison et elle étaient faites l'une pour l'autre.

Là où elle voyait du succès et des opportunités, son père voyait des rêves perdus.

— C'est petit, dit-il en regardant autour de lui, comparant sans doute la maison au manoir à huit chambres où il vivait avec sa mère.

Un manoir qu'il avait acheté avec les dollars gagnés grâce à leurs cabinets – médical et juridique.

— C'est assez grand pour moi, papa. Pourquoi es-tu là ?

Elle avait parlé plus sèchement qu'elle n'en avait l'intention. Après tout, il était venu sans s'annoncer sur le pas de sa porte et voilà qu'il commençait par critiquer sa maison ?

Il darda sur elle un regard acéré – de la même manière qu'avec des avocats odieux ou des témoins non coopératifs.

— Je ne veux pas être impolie, ajouta-t-elle avec

empressement, même si elle n'en pensait pas un mot. C'est que j'ai une réunion au centre-ville dans quelques heures. Je dois prendre une douche et...

— C'est pour ça que je suis ici.

Puisqu'il ne parlait vraisemblablement pas de la douche, elle présuma que c'était pour la réunion. Elle ne lui demanda pas comment il était au courant. D'une manière ou d'une autre, son père était au courant de presque tout ce qui se passait dans la région d'Austin.

Elle attendit. Cela ne servait à rien de lui demander ce qu'il voulait dire. Il était venu la voir et elle savait qu'il ne partirait pas avant de dire ce qu'il voulait.

— Je ne veux pas que tu fasses cette émission.

— Tu m'en vois choquée.

— Ne sois pas impertinente, jeune fille. Tu as esquivé une balle quand tu as quitté ce truand.

— *Quitté ?*

— Ce n'est pas un monde dans lequel tu dois retomber. Il croule sous les allégations de fraude et d'évasion fiscale. Je ne connais pas encore les détails, mais je ne serais pas surpris que ce soit en rapport avec du blanchiment d'argent et une conspiration sous la loi RICO. Sans aucun doute, les Huit Rouges sont derrière tout ça. Crois-moi, ma petite fille. La voix du sang. Tu ne veux pas que ton nom soit associé avec le sang de ce garçon. Tu sais très bien que si tu fais cette émission, vous serez tous les deux éclaboussés sur les réseaux sociaux. Ton passé, Brooke. Et ton présent. Tu n'as pas besoin de ça.

Sa gorge se noua. Elle n'était pas inquiète pour elle-même, mais pour Spencer. Elle savait très bien qu'il avait commis des erreurs par le passé, mais il n'était pas du genre à tricher sur ses déclarations de revenus ni à blanchir de l'argent. Il était plus que certain qu'il ne s'engagerait pas dans un gang qu'il avait passé presque toute sa vie à éviter.

D'un autre côté, tu ne te serais pas attendue à ce qu'il t'impose des conditions sexuelles pour faire l'émission. Les gens changent.

Peut-être, mais elle ne voulait pas le croire.

Merde.

— Comment sais-tu tout ça ? Ce sont des charges fédérales et tu es un juge d'État.

— Crois-tu vraiment que je ne garde pas les oreilles ouvertes ? Surtout quand l'homme avec qui ma fille est sortie est concerné ?

L'homme avec qui ma fille est sortie.

Pas l'homme qu'elle a aimé. Celui qu'elle a presque épousé.

On aurait dit que ses actes n'avaient jamais compté.

Peut-être était-ce le cas. Peut-être que pendant toutes ces années, elle était au bout de la chaîne, destinée à recevoir les ennuis venus d'en haut.

Mais tout cela s'arrêtait aujourd'hui.

Spencer voulait imposer des conditions ridicules pour faire l'émission avec elle. Très bien ! Parce qu'elle avait le pouvoir de tourner les talons. Elle le faisait parce qu'elle le voulait. Non parce qu'il la forçait, mais parce qu'elle avait mûrement pesé le pour et le contre.

Cette fois, *elle* prenait la décision. Spencer ne lui arrachait pas le contrôle sur elle-même comme l'avait fait Brian. Comme le faisait son père sans arrêt.

Non, cette fois, Brooke le lui *donnait*. Elle lui donnait

le contrôle pour obtenir ce qu'elle voulait. Un marché calculé et raisonné, une décision prise de sang-froid.

Ce qui signifiait qu'elle ne capitulait pas. C'était elle qui avait la situation en main.

Elle était la déesse tout en blanc qui tirait les ficelles pour contrôler le monde.

Personne, pas même son père, pas même un connard avec tout un stock de GHB, pas même Spencer, ne pourrait le lui prendre. Ils auraient beau essayer, en vain.

Avec un sourire, elle pencha la tête pour regarder son père dans les yeux.

— Merci d'être passé, papa. Maintenant, je pense que tu devrais partir.

HUIT

À onze heures moins le quart, Spencer était assis dans le bar vide de l'hôtel *Driskill*, un scotch entre les mains. En temps normal, il ne buvait pas avant le déjeuner, mais il considérait qu'aujourd'hui était une occasion spéciale. La réunion avec la chaîne avait lieu dans quinze minutes, et Spencer ne savait toujours pas s'il voulait que Brooke accepte ses conditions ou qu'elle le gifle et qu'elle parte.

Honnêtement, c'était pile ou face. L'alcool ne l'aidait pas.

Pendant des années, il s'était dit qu'il ne la reverrait jamais. Il avait fait tellement d'efforts pour l'effacer de ses souvenirs.

Pourtant, elle persistait. Il n'avait jamais réussi à l'éjecter, passant les cinq dernières années à comparer à elle toutes les filles avec qui il sortait.

Si ce n'est qu'aucune d'entre elles ne l'avait abandonné devant l'hôtel, elles ne lui arrivaient pas à la cheville.

En revanche, il ne leur avait pas demandé de l'épouser non plus. Chat échaudé craint l'eau froide, après tout.

De toute façon, les femmes d'Hollywood qui avaient jeté leur dévolu sur lui ne cherchaient pas à s'attacher de manière permanente. Dans leur lit ou à leur bras, il était une babiole intéressante à exhiber aux divers événements et fêtes qu'organisait la chaîne, performances qu'on lui avait demandé de réaliser pendant toutes ces années. Il n'était pas naïf au point de penser que l'une de ces femmes aurait souhaité quelque chose de permanent avec lui. En fin de compte, il n'était qu'un ouvrier dans le bâtiment issu d'un quartier peu recommandable avec un casier judiciaire, des liens avec un gang et un frère qui avait échappé de peu au couloir de la mort.

Alors, non, il n'était pas vraiment un homme à épouser.

Par le passé, il avait cru aux mensonges de Brooke. Il pensait qu'elle le voulait. Qu'elle croyait en lui. Qu'elle avait vu tout le travail qu'il avait accompli pour devenir quelqu'un.

Il pensait qu'elle était sa muse et il savait qu'elle deviendrait sa femme. Sur les deux points, ce n'étaient que des mensonges.

Alors, non. Il n'était pas le genre d'homme qu'on épouse.

C'était un abruti trop naïf.

Brooke avait joué avec lui. Un duel amer, mais il était trop aveuglé pour voir le moment où elle avait appuyé sur la détente. Sa balle l'avait frappé en plein cœur.

Oui, elle l'avait bien eu.

Maintenant, c'était son tour.

Il ferma les yeux en se rappelant sa chaleur quand il l'avait coincée au *Fix*. Il l'avait à peine touchée et pourtant il l'avait *sentie*. Son électricité. Cette vibration qu'il avait toujours associée à Brooke, comme un sentiment restreint qui n'attendait qu'à être libéré.

À une époque, elle se lâchait au lit. Elle s'abandonnait à cette sauvagerie indomptée en elle. Quand bien même elle l'avait blessé, il ne pouvait nier que ça le rendait malade de se dire qu'elle se donnerait ainsi à d'autres hommes au cours des ans. Qu'un autre sentirait cette bouffée d'énergie chez cette femme qu'il avait un jour considérée comme sienne.

Merde.

C'était exactement le genre de pensées dont il n'avait pas besoin. Parce que, bon sang, il n'avait pas besoin d'elle. Il ne voulait pas d'elle. Plus maintenant. Pas après qu'elle l'eut laissé tomber sans pitié.

Ce qu'il voulait, c'était une vengeance. Le plan parfait lui avait été offert sur un plateau.

Il pouvait s'estimer heureux. Après tout, peu d'hommes avaient la chance de pouvoir réclamer qu'on leur rende leur vie – sans parler de leurs couilles.

Ce moment avait été si doux. Elle, prise au piège dans ses bras dans un coin du bar. Lui, avec toutes les cartes en main.

Les *conditions*, il les lui avait données. Il ferait l'émission, mais seulement à ses conditions.

Elle avait réussi à rester impassible, il devait lui accorder ce mérite. En revanche, il l'avait vue déglutir, trahissant la peur qu'elle devait ressentir. Puis elle avait posé la seule question inévitable. *Qu'est-ce que tu veux, exactement ?*

Il lui avait dit : *toi...* Et pendant une fraction de

seconde, il avait vu ses yeux s'illuminer. Une lueur qui ressemblait étrangement à de l'espoir.

Ensuite, il avait abattu ses cartes... *Je te veux à ma merci...* Puis il avait vu la lumière disparaître.

Pendant un instant, il s'était senti comme le pire des fumiers.

Il s'y ferait. Avec cette pensée, il se leva pour se diriger vers la réunion. Il surmonterait sa culpabilité.

— Je dois dire que je suis très heureuse que vous ayez décidé d'accepter notre proposition et de faire cette émission.

Molly, une femme grande et d'une minceur hollywoodienne, lui lança un sourire un peu trop chaleureux.

— J'ai toujours été l'une de vos fans et je détestais savoir que vous jetiez aux oubliettes votre bonne réputation auprès du public.

— Oui, dit Spencer, impassible. J'imagine que cela vous empêchait de dormir.

Au fond, Spencer se sentait légèrement coupable d'avoir abandonné l'émission. Les fans, la plupart du moins, étaient vraiment intéressés dans la rénovation de vieilles maisons. Il avait reçu des emails en provenance de tout le pays lui demandant des conseils sur les vernis, les couleurs de peintures, les matériaux et le choix des appareils. Ce fut lorsqu'il s'était rendu à Los Angeles que tout lui avait semblé une vaste plaisanterie. Là-bas, ce n'étaient pas des admirateurs. Ce n'étaient que des chasseurs de célébrités, des femmes qui attendaient quelque chose de lui – et pas vraiment des conseils.

Molly, qui n'était pas idiote, lui lança un regard suggérant qu'elle comprenait exactement ce qu'il pensait. À sa décharge, elle n'insista pas. Elle lui tendit plutôt un dossier avec son contrat à l'intérieur, déjà paraphé par Gregory. Le document n'attendait plus que sa signature et celle de Brooke dès qu'elle arriverait.

Mais Brooke était en retard.

Il fronça les sourcils et jeta un œil à sa montre. Onze heures quinze. Il sortit son téléphone de sa poche.

Pareil.

Intéressant.

Il y avait une petite salle de conférence dans la suite où Molly, Andy et Spencer s'étaient donné rendez-vous. Molly se leva, puis elle se dirigea vers la fenêtre et regarda en bas, comme si elle pouvait estimer l'arrivée de Brooke.

— Vous n'avez peut-être pas de chance, dit Spencer. J'imagine qu'avec moi dans l'équation, l'émission lui paraît moins attrayante.

— Je pensais qu'avoir sa propre émission l'intéresserait, dit Andy en remontant sur l'arête de son nez ses lunettes rondes à la John Lennon.

Spencer haussa les épaules et, une fois de plus, jeta un œil à sa montre. Il leur accordait encore dix minutes, puis il annoncerait qu'il se retire et il s'estimerait chanceux.

L'ennui, c'était qu'il ne se sentait pas chanceux le moins du monde. Au contraire, il se sentait vide. Déçu.

Frustré, il recula sa chaise pour s'éloigner de la table et traversa la pièce en direction de la fenêtre, à côté de Molly.

— Elle est certainement coincée dans la circulation.

— L'espoir fait vivre, dit Spencer. En tout cas, je suis sûr de ne pas vouloir faire cette émission tout seul et je commence à avoir l'impression que je viens de l'échapper belle.

Il avait dit cela sur un air de bravade, même s'il luttait contre l'inquiétude. Pourquoi n'était-elle pas là ? Était-ce vraiment la circulation qui la retenait ? Elle n'avait certainement pas eu d'accident.

Intérieurement, il leva les yeux au ciel. C'était Austin, après tout. La ville dont la circulation rivalisait avec celle de Los Angeles, surtout parce que les Californiens déménageaient massivement en ville. Cinq minutes, ce n'était rien. Elle était sûrement ralentie par les travaux sur Mopac, l'une des autoroutes qui traversaient la ville du nord au sud.

Ce qui l'emmenait à se demander pourquoi elle se trouverait sur cette autoroute, étant donné qu'elle pouvait faire le trajet entre sa maison de Travis Heights jusqu'au centre-ville par les rues classiques sans emprunter les grandes artères.

Bien sûr, il avait regardé où elle vivait. Au cas où cette information pourrait être utile.

Non, il ne pensait pas qu'elle soit blessée. Il avait seulement peur qu'elle passe à côté d'une opportunité en or. Elle lui avait apporté sur un plateau un scénario parfait pour une vengeance, et ce serait trop dommage qu'il ne puisse pas profiter de cette occasion.

Rien de plus.

En tout cas, il essayait de s'en convaincre. Parce que Dieu sait qu'il n'avait pas envie de faire cette émission, ni aucune autre, d'ailleurs. Ce n'était pas seulement pour pouvoir la toucher à nouveau, même si son corps se tendait à la seule idée de l'avoir devant lui, les yeux brillants et pleins d'envie, les lèvres ouvertes de plaisir. Sans parler de ce bourdonnement sourd qui le traversait à la seule pensée d'être l'objet de son désir.

Il déglutit. Il commençait à avoir chaud et son jean devenait serré.

De toute manière, elle ne le désirait pas. Elle ne l'avait jamais désiré. En tout cas, pas vraiment.

Cela n'avait donc rien à voir avec des retrouvailles romantiques. C'étaient des représailles. Une vengeance. Il voulait qu'elle se sente bien au point de se laisser aller, puis il partirait sans se retourner.

Il ne devait pas l'oublier. Il devait garder son projet à l'esprit.

— Bon sang, dit-il en se détournant de la fenêtre. Où est-elle ?

— Je suis là, s'exclama Brooke en franchissant la porte, la tête haute, vêtue d'un tailleur impeccable. Mettons-nous au travail.

NEUF

Brooke regarda à peine Spencer pendant que Molly et Andy leur remettaient les contrats, puis ils signèrent tous les deux au bas de la page.

— Ce sera merveilleux, dit Molly. Brooke, nous vous laissons avertir le *Fix* et leur annoncer que tout sera bientôt mis en place ?

Elle acquiesça.

— Je déjeune avec Jenna Montgomery. Je le lui dirai. Je vais demander à Tyree si nous pouvons avoir une petite équipe de tournage ce soir à l'occasion du premier concours pour le calendrier.

— Une caméra compacte, lui rappela Andy. Très discrète. À ce propos, dites-lui que lorsque les rénovations commenceront, nous resterons toujours en retrait. L'équipe travaille sur de nombreuses émissions de télé-réalité. Ils savent comment ça se passe.

Brooke acquiesça. La chaîne voulait que le concours de *L'Homme du Mois* figure en trame de fond. C'était logique, mais en prenant en considération le démarrage tardif de l'émission, il n'y avait pas moyen d'inclure aux rénovations le concours de Mister Janvier. Alors, l'équipe allait s'y rendre ce soir et les monteurs intégreraient leurs images à l'émission. Ils n'avaient pas besoin de grand-chose pour le concours de janvier, mais ils voulaient au moins quelques images des concurrents sur scène et du gagnant en train de se pavaner.

Bien qu'ils n'aient pas besoin de la présence de Brooke, elle avait l'intention d'y être. Elle supposait que Spencer aussi y ferait un saut, même s'il participait à contrecœur. Elle comptait le revoir au petit-déjeuner, le lendemain, leur première réunion officielle.

Ensuite, probablement, il s'attendrait à ce qu'elle se soumette à ses demandes – ou conditions, ou promesses.

Ou peu importe le nom qu'il donnait à cette comédie.

Il n'en avait pas encore parlé, mais ce n'était pas surprenant. Il pouvait difficilement interrompre la réunion, se tourner vers Brooke et lui demander de le rejoindre nue dans sa chambre à minuit. Molly et Andy ne comprendraient pas.

Mon Dieu, elle devait vraiment avoir perdu la tête.

Qui sait, il avait peut-être prévu de l'accoster après *cette* réunion ? Voilà pourquoi elle jetait des regards répétés à sa montre. Enfin, elle se leva en annonçant qu'elle était en retard pour le déjeuner et que, s'ils voulaient tous rester dans les bonnes grâces du *Fix*, elle devait y aller tout de suite.

Puis elle détala.

C'était peut-être lâche, mais elle sautait sur l'occasion.

Elle rencontra Jenna au bar et lui annonça que tout était signé et prêt, souriant devant sa réaction enchantée.

— Il m'a suffi de vendre mon âme.

— Quoi ?

— Laisse tomber, dit Brooke avec un geste évasif de la main. J'essayais seulement d'être drôle.

Elles restèrent un peu plus longtemps, puis Jenna emmena Brooke rencontrer le propriétaire, Tyree, un homme grand au sourire doux qui semblait sincèrement reconnaissant que *Réno Boutique* ait choisi son bar.

— Dans la vie, j'ai mon fils, mes amis et cet établissement. Perdre l'un des trois me tuerait. Je fais tout mon possible pour garder le *Fix* à flot et je pense que votre émission m'aidera à concrétiser ça.

— Je l'espère, dit Brooke, touchée. C'est ce que je souhaite, en tout cas.

Elle lui expliqua la présence des caméras ce soir-là et il lui répondit qu'elles pouvaient aller n'importe où et filmer tout le monde.

— Jenna est intelligente, dit-il. Mon avocat, Easton, l'est aussi. Le concours est accessible uniquement par le biais de tickets, dont l'achat est automatiquement associé au consentement d'être filmé.

— Parfait.

Ils parlèrent de quelques détails supplémentaires, notamment la confirmation apportée par la chaîne qu'Easton satisfaisait à toutes les exigences légales. Ensuite, elle l'informa qu'elle devait se plonger dans les préparatifs, mais qu'elle serait de retour ce soir pour assister au concours.

— Même si je n'avais pas besoin de voir comment les gars évoluent sur scène pour mieux préparer les rénovations, je ne le raterais pas. Le concours de l'homme le plus sexy ? Je n'hésite pas une seconde.

Il éclata de rire, puis il la raccompagna dans la salle principale. Quelques retardataires restaient après le déjeuner, mais les lieux étaient presque vides.

Elle avait l'intention de rentrer chez elle et de travailler, mais pour le moment, elle se sentait tout aussi bien ici qu'ailleurs. De plus, d'un côté pratique, elle voulait s'imprégner de l'ambiance.

On sentait que le *Fix* était un bar de proximité. Des néons mettant en valeur les bières et quelques plaques d'immatriculation du Texas étaient accrochés aux murs en bois. Une peinture murale épelant le nom d'AUSTIN occupait tout le mur de la première salle, tout près du bar en chêne aussi large que la pièce.

Une scène attirait l'attention près des fenêtres, mais ce n'était pas le cœur de l'établissement. Au contraire, le *Fix* avait plusieurs centres d'intérêt, ce qui, d'après Brooke, était l'une des raisons pour lesquelles le bar avait une clientèle aussi variée.

Certains venaient au Fix pour sa cuisine exceptionnelle, ses cocktails et la bonne compagnie. Que les clients soient des avocats, des étudiants ou encore des travailleurs du bâtiment, ils se mêlaient autour des diverses tables hautes et basses qui remplissaient l'espace. Les tabourets de bar confortables étaient parfaitement alignés, donnant une vue imprenable sur l'impressionnante collection d'alcool. Quelques petites tables occupaient la salle à la peinture murale, et un long banc en bois courait le long de la fenêtre afin de permettre aux clients de s'installer avec une vue à la fois sur l'intérieur et l'extérieur.

Plus loin, au fond, il y avait un autre espace pour s'asseoir, plus exigu. On y proposait un service complet aux tables. Il y avait même une petite scène qui pourrait convenir à un chanteur ou un musicien solo. Dans tous les cas, l'endroit était aussi parfait qu'un bar de proximité puisse l'être, et le fait qu'il rencontre des problèmes financiers prouvait seulement à Brooke que les locaux étaient attirés par l'une des chaînes de bars qui poussaient comme des champignons dernièrement, pour toutes sortes de mauvaises raisons. Par exemple, des verres à un dollar allongés à l'eau, infects et sans inspiration.

Si son émission pouvait aider à restaurer l'image du *Fix* en ville, elle aurait le sentiment non seulement d'avoir accompli quelque chose pour sa propre entreprise, mais également d'avoir fait sa bonne action de l'année.

— Salut, Brooke.

Elle leva les yeux et vit Cameron, l'un des barmans qu'on lui avait présentés dernièrement. Il lui souriait.

— Hmm ? dit-elle en prenant conscience qu'elle fixait le menu du regard, dans la lune. Oh, désolée. Je réfléchissais.

Son sourire s'élargit et elle ne put s'empêcher de lui sourire en retour. Il était d'une beauté à tomber et il avait les plus beaux yeux qu'elle ait jamais vus. Quelqu'un, certainement Jenna, lui avait dit qu'il était en dernière année, mais elle n'avait aucune idée de ce qu'il étudiait. En revanche, il était évident que c'était un étudiant très appliqué. Depuis qu'elle fréquentait le *Fix*, elle avait vu des dizaines de filles lui faire des avances, et pour autant qu'elle puisse en juger, il n'avait jamais mordu à l'hameçon. Peut-être était-il homosexuel, mais elle l'avait vu attirer aussi des hommes, et manifestement, il ne s'était rien passé non plus.

— Je vous promets, je ne vous presse pas, dit Cam. Nous ne demandons pas de loyer pour les tabourets à moins que vous ne soyez assise dessus depuis trois jours.

Elle rit de bon cœur.

— C'est bon à savoir. Je suis prête. Seulement un thé glacé. Et peut-être des beignets de crevettes pour l'accompagner. Il est trop tôt pour boire de l'alcool. Je vais me rouler sous la table avant ce soir si je commence maintenant.

Enfin, si Spencer lui faisait des demandes ce soir, ce n'était pas une si mauvaise idée de s'y mettre tout de suite. Non, mieux valait rester sobre. C'était plus intelligent.

Mais qu'avait-il prévu, au juste ?

Serait-elle vraiment capable d'assumer ?

Déterminée, elle serra les poings de chaque côté de son corps en essayant de combattre la nausée. C'était Spencer, après tout. Elle avait fait un choix. Il ne prenait rien, c'était elle qui lui donnait ce qu'elle voulait.

Donner, donner, donner.

Peu importe si cet enfoiré croyait que c'était l'inverse.

Et puis, zut.

Honnêtement, elle devrait peut-être tout arrêter. Aller courir. Faire n'importe quoi sauf penser à la soirée ou au lendemain, ou quel que soit le moment où il aurait l'intention de bondir.

Mais dans ce cas, il aurait gagné, n'est-ce pas ? Parce qu'il l'aurait empêchée de faire son travail. Il n'y avait pas que son entreprise qui dépendait d'elle. Il y avait aussi Tyree, Jenna, Cameron et tous les employés du bar.

Alors, au diable Spencer et ses jeux d'esprit ! Brooke Hamlin devait se mettre au travail.

Elle sortit son bloc-notes avec la ferme intention d'inscrire quelques pensées, mais au lieu de quoi, elle finit par regarder les gens dans le bar. Un grand nombre d'entre eux semblaient aussi à l'aise que s'ils étaient chez eux. Elle devait garder ce détail à l'esprit lors des rénovations. Les lieux leur ressemblaient. Ils devaient rester familiers, sinon elle gâcherait leur expérience.

Au bout du bar, un homme d'une vingtaine d'années était assis, penché au-dessus d'un carnet. Son visage était caché sous la capuche d'une veste trop ample pour lui. Une femme aux cheveux noirs avec une coupe de lutin regardait par-dessus son épaule et lui parlait tout en désignant les pages du carnet. Au bout d'un moment, l'homme hocha la tête et la femme s'approcha de Brooke à vive allure.

Il n'y avait pas que sa coiffure qui lui donnait un air de lutin. Elle avait les pommettes hautes, des traits délicats et les plus jolis yeux verts que Brooke ait jamais vus. Elle monta avec grâce sur le tabouret à côté d'elle, puis dirigea son attention vers Cam.

— Salut, toi, dit-elle.

Brooke vit les oreilles du barman virer au rouge.

Elle s'efforça de ne pas sourire devant ce rebondissement intéressant.

— Est-ce que tu as parlé au connard dernièrement ?

Cam pencha la tête, retrouvant sa maîtrise de soi.

— Tu sais, on l'appelle Daryl. Je pensais que tu le savais, puisque tu es sa sœur.

— Il ne m'a pas remboursé sa part pour le cadeau de

maman. Tant qu'il ne l'aura pas fait, je le traiterai de connard.

Elle allait se tourner vers Brooke, mais elle songea brusquement à quelque chose.

— Oh ! J'ai oublié. Minable ou pas, je vais quand même lui organiser un anniversaire-surprise quand il rentrera à la fin du semestre. Tu viendras ? Chez moi. Il faut que tu viennes.

— Oh, oui, bien sûr, fit-il d'une voix cassée.

Puis il se racla la gorge et lui sourit, un peu timidement.

— Si tu y tiens.

Elle haussa une épaule.

— Oui. Tu as toujours été son meilleur ami. Vous êtes pratiquement des frères, tous les deux. Ce qui fait de toi mon frère aussi. Alors, il faut que tu passes pour manger du gâteau et boire un coup.

Elle remua les sourcils avant d'ajouter avec malice :

— J'accepte les chèques et PayPal.

— Oh, fit-il en déglutissant. Bon, d'accord.

— Cam, je plaisante.

Elle tendit la main au-dessus du bar et la posa brièvement sur la sienne.

Brooke vit Cam rougir de la nuque aux oreilles, et jusqu'au front. Heureusement, la jeune femme s'était déjà retournée, reportant son énergie vibrante sur Brooke. Cette dernière se sentait déjà fatiguée.

— Je suis Mina, dit-elle alors que Cam rejoignait l'autre bout du bar. Mina Silver. Je suis étudiante de dernière année à l'Université du Texas, et je suis la stagiaire de Griffin et la fausse sœur de Cam.

Elle éclata de rire.

— Cam est génial. Mon frère et lui sont très liés depuis qu'ils sont enfants et je les ai embêtés toute leur vie. Si je ne veux pas faire de peine à mon frère, Cam arrive juste après lui dans mon cœur.

Puisque Mina semblait sérieuse, Brooke décida de ne pas lui dire que les sentiments de Cam n'étaient pas aussi innocents. En ce moment, il avait certainement disparu dans la salle de pause pour faire un moulage de la main qu'elle avait touchée. Ou faire Dieu sait quoi d'autre avec.

Brooke secoua la tête. Ce n'était pas l'image mentale dont elle avait besoin pour le moment.

— Eh bien, répondit-elle, je suis enchantée de faire votre connaissance. Je suppose que c'est Griffin ?

Elle désignait l'homme à la capuche.

— Oui.

Mina lui expliqua que Griffin était l'auteur, le créateur et la voix d'un podcast qui gagnait en popularité, ces derniers temps. Le podcast avait lui-même été transformé en une websérie tout aussi populaire.

— D'où le besoin d'une stagiaire. Nous sommes entre deux saisons maintenant, et je cherche un autre boulot. D'après les rumeurs, vous allez faire une émission de télé-réalité qui tourne autour du *Fix*.

— Hmm.

— Sans vous mettre la pression, si jamais vous avez besoin d'une stagiaire, je suis candidate à ce poste. Je suis prête à faire à peu près n'importe quoi. J'ai besoin d'expérience... J'adorerais ajouter une ligne d'envergure nationale à mon CV.

Brooke était sous le charme de Mina.

— Ce n'est pas moi qui décide. Cela dit, je vais voir ce que je peux faire.

— Vraiment ? C'est génial. Merci beaucoup.

Elle tendit une carte à Brooke avec son numéro de téléphone portable, précisant qu'elle était disponible à toute heure, avant de retourner auprès de Griffin.

Considérant qu'elle ne participait officiellement à l'émission que depuis quelques heures et qu'elle avait déjà une stagiaire en ligne de mire, Brooke sentait déjà qu'elle avait accompli du beau travail. Elle passa deux ou trois heures de plus à grignoter en griffonnant des notes, puis elle rassembla ses affaires et rentra chez elle pour se changer. Pendant un instant, elle envisagea de ne pas y retourner, car Spencer risquait de venir au concours ce soir-là. Plus précisément, il risquait de formuler des exigences à cette occasion.

Elle en doutait, toutefois. Il n'avait aucune envie de participer à cette émission. Alors, il y avait peu de chances qu'il vienne à cette soirée qui n'était pas obligatoire.

Officiellement ou pas, cela dit, elle considérait l'événement comme un travail. Brooke prévoyait de s'assurer que l'équipe d'enregistrement prenne une bonne sélection de vidéos, non seulement des mannequins, mais aussi du bar lui-même. Elle voulait disposer de plusieurs séquences à utiliser lors des épisodes. Peut-être même dans le générique d'ouverture, si Molly et Andy acceptaient les suggestions.

Même si elle restait assise au bar, comme cet après-midi, c'était du travail. Pour elle, bien comprendre l'endroit qu'elle allait rénover était aussi crucial que d'enfoncer le premier clou.

Alors, oui, elle y retournerait. Avec de la chance, Spencer l'éviterait.

Mais la chance n'était pas de son côté et Brooke s'en rendit compte dès qu'elle fut de retour au bar. *Spencer était là.*

Il ne l'avait pas vue. Ou si c'était le cas, il ne lui avait pas fait signe. Cela dit, il était là, plus grand que nature. Il remplissait la pièce de sa présence.

Elle désirait le rejoindre, franchir le pont pour retourner à une époque où il ne la méprisait pas.

C'était impossible. Elle ne pouvait qu'avancer.

Alors, elle resta dans les recoins sombres pour l'éviter, reconnaissante quand le défilé de beaux spécimens commença. Elle fronça les sourcils. *Projet numéro un. Réajuster la scène.*

Elle prenait les angles en considération et se demandait s'il serait possible de faire une scène roulante lorsque Taylor, la femme que Jenna lui avait présentée comme étant la régisseuse embauchée pour le concours, vint la trouver pour lui soumettre une proposition à communiquer au cameraman.

Mais la conversation se figea quand l'homme tatoué que Brooke avait identifié sous le prénom de Reece monta sur la scène. Il se lança dans un discours touchant qui émut Brooke jusqu'au bout des orteils et provoqua un lâcher de papillons dans son ventre. Un discours plein d'amour, d'honneur et de sincérité.

Un discours qu'il faisait pour Jenna.

Taylor se rua vers les projecteurs, puis elle en orienta un tout droit sur Jenna, dont le visage brillait avec un tel amour que Brooke en eut le cœur serré.

— C'était tellement romantique, dit-elle quand Taylor revint.

— Je sais.

— Écoute, on se voit demain, d'accord ? Je dois y aller.

Le front de Taylor se plissa.

— Ça va ?

— Seulement un mal de crâne.

C'était un mensonge, bien sûr. Les mots d'amour et de dévotion de Reece n'avaient fait que souligner ce que Brooke avait partagé avec Spencer à une époque, ce qu'elle avait perdu.

Peu importe ce qu'il avait prévu, elle ne pensait pas être en mesure de le voir ce soir-là. Pas avec ces paroles en tête.

— Ça ira, assura-t-elle à Taylor qui sortait de l'ibuprofène de sa trousse de secours. On se voit demain, ajouta-t-elle en s'éloignant vers la porte.

Elle n'alla pas très loin. Une blonde guillerette que Brooke ne reconnut pas lui annonça que l'homme avec la barbe et la veste en cuir voulait la voir.

Spencer.

— Dites-lui que je ne me sens pas bien, répondit-elle. Que je rentre à la maison.

— D'accord.

La fille fendit la foule en sens inverse pendant que Brooke se hâtait de prendre la direction opposée, culpabilisant d'être aussi lâche. Elle ne pouvait pas l'affronter ce soir. Elle en était incapable.

Elle atteignit l'épaisse porte en chêne avec soulagement. Elle inspira, regarda par-dessus son épaule pour s'assurer que Spencer n'était pas là, poussa la porte et sortit sur la sixième rue.

Spencer l'attendait.

Elle ne savait pas comment il avait fait pour sortir. Sans doute était-il allé tout au fond pour utiliser la porte de service. Dès qu'elle le vit, avec son expression déterminée, elle sentit tout son corps devenir faible.

Il resta debout en silence, soutenant son regard pétrifié. Ses yeux bruns glissèrent sur elle, d'un air grave et possessif, et sa bouche forma un sourire moqueur.

— Spencer, je...

— Non, dit-il en posant deux doigts sur ses lèvres pour la faire taire.

Avant même qu'elle puisse comprendre ce qui lui arrivait, sa bouche se posa sur la sienne. La langue de Spencer exigea d'y entrer tandis que sa barbe lui chatouillait les lèvres et la peau.

Elle haleta en sentant son corps réagir immédiatement à cet homme qu'elle connaissait trop bien. Il l'entendit et en prit avantage, empoignant ses fesses pour qu'elle sente son sexe en érection contre son bas-ventre. Son autre main lui maintenait la nuque pendant que sa langue la goûtait et prenait ce qu'elle voulait. Brooke se sentait fondre. Elle avait envie de pleurer, de se plaindre que ce n'était pas juste. Elle n'avait pas eu le temps de dresser ses défenses.

Aussitôt, ce fut terminé.

Il recula, toujours aussi sûr de lui, alors que les passants l'applaudissaient et sifflaient. Quant à elle, elle se tenait parfaitement droite, le souffle court, sans trop savoir si elle devait courir ou le gifler.

— Viens, bébé, dit-il en lui prenant la main. C'est l'heure.

DIX

Spencer l'entraîna de l'autre côté de la rue, dans une suite de l'hôtel *Driskill*, deux étages au-dessus de celui où la réunion s'était tenue.

Il ouvrit la porte qui révéla un salon sombre, dont la seule lueur provenait d'une lampe sur un bureau. Un seau à champagne attendait près du canapé, une bouteille fraîche à l'intérieur. Deux flûtes étaient posées sur la table basse, de chaque côté d'un plateau contenant une assiette de fromages élégamment dressée.

Il lui tint la porte ouverte pour la faire entrer.

— C'est joli, non ? Je me suis dit que ce serait approprié.

Le souffle de Brooke resta suspendu dans sa gorge et elle s'efforça de garder une voix égale.

— Approprié ?

— Tu ne te rappelles pas ? Nous étions venus au *Driskill* pour notre troisième rendez-vous. Nous avons bu un verre au bar, puis nous avons pris une chambre. Nous ne pouvions pas nous empêcher de nous toucher tout le temps et je t'ai déshabillée dans les secondes qui ont suivi, quand la porte s'est refermée derrière nous.

— Bien sûr que je me rappelle, rétorqua-t-elle, ses yeux lançant des éclairs. Tu éprouves une telle haine envers moi.

Elle crut voir quelque chose osciller sur son visage. Du regret et une autre émotion indéfinissable. Ensuite, son expression se durcit et elle se demanda si c'était à cause des ombres de la bougie.

— De la haine ?

Il se dirigea vers le canapé et s'assit, puis il tapota la place à côté de lui, l'invitant à s'asseoir.

Elle hésita avant de céder. C'était le but, non ? La raison pour laquelle elle était venue. Se soumettre. Faire ce qu'il voulait qu'elle fasse – pour l'émission.

— De la haine ? répéta-t-il, pensif cette fois. La haine n'est pas l'opposé de l'amour ?

Il posa sa main sur sa cuisse, près de l'ourlet de sa jupe, et elle sentit son corps répondre immédiatement. Des ondes électriques la traversaient, la faisant souffrir d'un désir dont elle se souvenait par bribes. Elles lui donnaient envie de sentir les mains du Spencer qu'elle avait un jour aimé de tout son cœur et de toute son âme.

Elle portait une simple jupe en coton et un chemisier qu'elle avait choisi de porter pour aller au *Fix*. Elle voulait montrer qu'elle faisait partie du bar tout en étant professionnelle. Si elle avait pensé que Spencer réclamerait son dû ce soir, elle aurait opté pour un pantalon et un chemisier à manches longues. Des bottes aussi.

Doucement, il souleva le rebord de la jupe. Son pouce dansait sur sa peau dans un geste sensuel qui faisait réagir son corps, quand bien même sa tête essayait de calmer le jeu. Des élans de désir virevoltaient en elle, et elle sentit un pincement d'envie naître dans ses seins et entre ses cuisses.

Qu'il aille au diable... Et son corps aussi, pour s'être souvenu des mains d'un précédent Spencer.

Elle réprima un gémissement alors que sa main remontait le long de sa cuisse, ses doigts s'attardant tout près de la ligne de sa culotte.

— Fais-moi confiance, bébé. Je ne t'aime plus.

Lentement, il continua son ascension et se déplaça le long de l'élastique tandis qu'elle restait assise aussi droite qu'une planche, s'efforçant de ne pas réagir.

— Alors, comment pourrais-je te haïr ?

Les mots semblèrent dériver vers elle pour lui enserrer douloureusement le cœur.

Elle ferma les paupières. Elle aurait tant voulu ne pas être dans cette chambre avec lui. Elle aurait voulu que tout soit différent.

— Regarde-moi.

Il y avait de la douceur dans sa voix. Elle en fut troublée et elle tourna la tête pour faire ce qu'il lui demandait. Sa bouche devint un trait dangereux au-dessus de sa barbe. Dans ses yeux marron brûlait un regard aussi dur que de la pierre. La tendresse qu'elle avait imaginée n'était apparente nulle part. Au contraire, il la regardait avec une telle intensité qu'elle devait combattre l'envie de se lever et de partir.

C'est ce qu'il voulait, bien sûr. Il voulait partir. Quitter l'émission. Loin d'elle.

L'instant resta suspendu et ils se regardaient toujours, les yeux dans les yeux. Ensuite, il les baissa lentement, non pas en signe de défaite, mais comme si une partie du jeu était terminée et qu'il passait à l'épreuve suivante. Elle expira en prenant conscience qu'elle retenait sa respiration. Elle se sentait toute retournée. Waouh, l'homme à ses côtés était *Spencer* ! Un homme qui aurait donné sa vie pour elle à une époque.

Maintenant, il voulait la détruire.

C'était entièrement sa faute.

Pendant un moment, elle pensa lui dire la vérité. Elle pouvait expliquer ce qui s'était passé. Le marché qu'elle avait conclu avec le diable pour sauver Richie. Peut-être que, maintenant, son père ne divulguerait pas le dossier. Ou peut-être que cela ne dérangerait pas Spencer à présent.

Toutefois, elle n'arrivait pas à parler. Elle avait fait le sacrifice pour un autre homme, pas pour le Spencer assis à côté d'elle, qui jouait avec ses émotions et à des jeux sexuels.

— Je crois qu'il est temps pour moi de voir ce qui m'a manqué toutes ces années. Lève-toi et déshabille-toi.

Il avait parlé avec une telle nonchalance qu'on aurait dit qu'il commandait un sandwich. Puis il tendit la main et versa un verre de champagne. Il le lui remit, mais elle garda ses mains de chaque côté de son corps. Alors, il haussa les épaules et l'avala.

— Du courage liquide, dit-il. Je pensais que ça pourrait t'aider.

— Va te faire voir, rétorqua-t-elle avant de se lever pour se camper devant lui.

Il l'avait vue nue des centaines de fois. Alors, pourquoi ne pas se déshabiller devant lui maintenant ? Cela ne signifiait rien, après tout. Rien, si ce n'est que c'était un manipulateur et qu'elle était la femme qui sacrifiait sa fierté pour le bien de son entreprise.

Elle pouvait assumer. Elle s'était lancée en connaissance de cause.

— Est-ce le genre d'homme que tu es devenu maintenant ? demanda-t-elle en déboutonnant son chemisier.

— Ne fais pas celle qui ne sait pas quel genre d'homme je suis. Quel genre d'homme j'ai toujours été.

— Qu'est-ce censé vouloir dire ?

— Un homme qui n'a rien à offrir à une fille comme toi. Mauvaise famille. Mauvais quartier. Mauvais rêves.

Sa colère s'enflamma.

— N'importe quoi, et tu...

— Déshabille-toi, l'interrompit-il sèchement.

Elle voulait protester, mais il lui fit signe de continuer à déboutonner son chemisier.

Elle haussa les épaules et la soie tomba sur le sol.

— Une chose est sûre, je n'aurais jamais cru que tu sois le genre d'homme à bouder.

Il leva les sourcils.

— Bouder ?

— Oui. Tu n'as pas eu ce que tu voulais, alors maintenant tu veux m'humilier.

— Je n'ai pas eu ce que je voulais ?

Elle entendit le tranchant dans sa voix et elle sut qu'elle était entrée sur un terrain dangereux.

— Retire ta jupe, bébé.

Elle pensa protester, mais un simple regard à sa silhouette athlétique lui fit changer d'idée. Elle baissa la fermeture éclair, puis laissa la jupe tomber sur le sol, restant ainsi en soutien-gorge, en petite culotte et en talons hauts.

— Merde. Tu es aussi belle que tu l'étais à l'époque.

Elle entendit la boule dans sa gorge et vit ses traits s'adoucir. Peut-être son Spencer était-il quelque part dans la pièce avec elle, tout compte fait.

— Spencer ? S'il te plaît.

Ses yeux croisèrent les siens, aussi durs que l'acier.

— Je garde le reste pour plus tard. Je pense que je finirai de te déshabiller avec les dents.

Pendant un instant, un bref, merveilleux et terrible instant, elle imagina la sensation quand il serait sur elle. Spencer prit la bretelle de son soutien-gorge entre ses lèvres et tira. Sa barbe râpait sa peau tendre. Puis il descendit et il lui écarta les jambes afin de lui retirer sa culotte avec les dents, juste assez pour l'exposer devant sa langue. Aussitôt, elle se remémora les miracles que cette langue accomplissait.

Elle frissonna, mais sa propre réaction lui faisait horreur. Surtout quand il le remarqua.

— J'ai froid, dit-elle.

— Ne t'inquiète pas, bébé. Je vais te réchauffer.

Elle déglutit.

— Alors, qu'est-ce que tu as prévu ? Tu vas tout simplement m'utiliser ?

Il leva les sourcils.

— Ce n'est pas ce que tu fais avec moi ?

Elle ne répondit pas, parce qu'elle ne savait pas quoi dire.

Il se releva, puis s'approcha d'elle. Il n'était qu'à quelques centimètres. Il tendit la main vers son sein et pinça son téton entre deux doigts. Elle ferma les yeux, s'efforçant de rester de marbre. De ne pas réagir.

Ce fut inefficace. Elle ressentait un profond désir et elle se détesta. Elle ne le voulait pas... n'est-ce pas ? Elle voulait *Spencer*. Pas cet homme déterminé à la tourmenter. Toutefois, son corps ne faisait pas de distinction et les mains de Spencer parcouraient sa peau nue, lentement, faisant monter son désir.

Il lui caressa les seins avec délicatesse, puis il joua avec un doigt autour de son nombril avant de descendre jusqu'à ce que sa main glisse entre ses cuisses, se posant sur son sexe.

— Tu es humide, murmura-t-il.

Elle aurait aimé lui dire qu'il avait tort, mais ce n'était pas vrai. Elle n'avait pas réagi ainsi à un homme depuis des années. Elle savait qu'elle ne réagissait pas pour lui. C'était pour l'homme qui vivait dans ses souvenirs. Un homme qui lui manquait désespérément.

— Ouvre les yeux.

Elle le fit, et pendant un instant, ce fut son Spencer à nouveau. Elle eut envie de pleurer de soulagement.

— Spencer, je...

— Dans la chambre, dit-il.

Une fois de plus, la chaleur du souvenir fut enterrée par la froideur de sa voix.

— Dans la chambre, fit-elle en écho avant de prendre cette direction.

Elle se disait que tout irait bien. *Qu'elle* irait bien. C'était une transaction, du sexe en échange d'une émission.

Puis elle vit le lit et des sueurs froides la parcoururent. Elle n'aurait jamais dû accepter. Oh, mon dieu, elle n'aurait jamais dû croire que tout irait bien.

C'était un lit à baldaquin avec des cravates en soie noire

attachées aux quatre poteaux. Une palette en cuir et un masque de fourrure étaient posés innocemment sur les oreillers.

Elle cligna des yeux, essayant d'assimiler ce qu'elle voyait. Il voulait l'attacher ?

Évidemment. Il avait dit qu'il la voulait à sa merci.

Oh, mon Dieu ! Oh, non...

Une vague de panique la submergea. Elle s'était piégée en venant ici, en se persuadant qu'elle avait le contrôle. C'était une illusion. Elle n'avait aucun contrôle. Elle en était loin.

Elle n'y arriverait pas. Elle ne pouvait pas le faire.

Elle avait quitté Spencer il y a cinq ans, elle aurait dû garder ses distances. Rester loin de lui.

— Sur le lit, bébé.

Elle ouvrit les yeux pour voir Spencer, appuyé contre le chambranle de la porte, qui l'examinait. Elle essayait de garder une expression neutre, mais c'était difficile de combattre la panique qui montait, menaçant de faire jaillir des larmes. Elle voulait le supplier de la laisser partir.

Non. Elle pouvait le faire.

Elle devait le faire.

— Sur le lit, répéta-t-il.

Elle hocha la tête, puis tenta de faire un pas dans cette direction. Elle ne pleurerait pas. Elle le ferait. Elle le lui devait. Après tout, c'était le marché qu'ils avaient conclu.

Elle posa une main sur le matelas avec l'intention de monter sur le lit, mais sa voix l'arrêta.

— Attends. Debout.

Elle fit comme il le lui demandait et resta bien droite alors qu'il s'approchait. Elle tressaillit en s'attendant à ce qu'il la touche, mais il s'arrêta devant elle. Sans doute imaginait-il toutes les choses qu'il lui ferait lorsqu'elle serait attachée et sans défense.

— Rhabille-toi, dit-il soudain.

L'espace d'un instant, elle retrouva dans ses yeux le Spencer qu'elle connaissait.

— Je... Quoi ?

Aussitôt, son expression redevint illisible.

— La réunion est à neuf heures au *Fix*, c'est ça ? Je te verrai là-bas.

Sur ce, il quitta la chambre sans attendre qu'elle réponde.

Brooke ne se rappelait pas que ses jambes avaient lâché, et pourtant elle se trouvait par terre, les fesses sur la moquette moelleuse et le cœur qui battait avec soulagement. Elle se demandait ce que cela pouvait bien vouloir dire.

ONZE

Il n'était qu'une merde. Un enfoiré. Une personne atroce.

Il était tellement en colère contre elle. Avait-il vraiment cru que la torturer pourrait arranger les choses ? Tout ce qu'il avait fait, c'était de les aggraver, parce que la douleur dans ses yeux l'avait presque achevé.

Tu me hais à ce point ?

Ses mots résonnaient dans sa tête, chacune des syllabes comme autant de coups de couteau dans son cœur. Parce que non, il ne la haïssait pas. C'était peut-être ça, le problème. Il voulait la détester, comme il aurait voulu la détester depuis qu'elle était partie, mais il l'avait dans la peau, elle était inscrite en lui.

Il l'aimait, ou du moins, il l'avait aimée. C'était peut-être toujours le cas. Il n'en savait rien. Tout ce qu'il savait, c'était qu'il ne la méritait pas. Il ne l'avait jamais méritée.

Merde.

Il se frotta le visage, appuyé contre le panneau de bois en décomposition du Manoir Drysdale.

Il n'aurait pas dû venir ici ce soir. Honnêtement, il ne

savait pas pourquoi il l'avait fait. Il aurait dû savoir que cela rendrait son désir encore plus fort. L'envie d'une maison qu'il n'avait jamais eue, d'un passé qu'il ne pouvait pas réparer et d'une femme qui ne serait jamais sienne.

En soupirant, il pencha la tête en arrière. Il souhaitait être dans une autre époque, dans un autre endroit. En d'autres circonstances.

Il savait qu'il ne pouvait pas croire aux espoirs ni aux vœux. Ces choses-là se réalisaient si rarement.

Pourtant, parfois, quelque chose arrivait.

Spencer pensa à Richie, si proche de la surface de ses pensées, comme toujours quand il était dans cette maison. Ou quand il se sentait perdu et en colère.

De tant de manières différentes, Richie avait été la voix de la raison pour Spencer.

— Ne fais jamais rien seulement pour suivre les autres, petit frère. Tu dois d'abord savoir ce que tu veux, et ensuite prendre le chemin que tu dois emprunter. J'ai dévié et la vie m'a bien botté les fesses. Ne deviens pas comme moi, d'accord ?

C'était Richie qui lui avait dit de se reprendre en main après qu'il eut quitté le lycée. C'était Richie qui l'avait poussé à continuer de se battre pour que *Chez Spencer* puisse voir le jour, qui lui avait dit que Brooke était une sacrée prise et qu'elle méritait qu'on se batte pour elle.

Il avait continué à le dire après qu'elle fut partie, mais Spencer était trop aveuglé par son deuil et il avait traité son frère de fou.

De toute façon, cela n'avait rien changé. Elle l'avait quitté, après tout. Il n'était pas du genre à ramper devant elle pour la supplier de l'aimer. Pas alors qu'elle avait fait un choix aussi définitif.

Soudain, un craquement dans la cuisine le fit sursauter. C'était certainement un raton laveur... Le portail était fermé, il le savait. Il y avait veillé après qu'il eut obtenu ce dont il avait besoin pour entrer. Il était seul, il en était certain.

Il tendit tout de même la main vers sa botte et en sortit le couteau qu'il y cachait.

Il resta là sans bouger, respirant à peine. Il poussa un juron à mi-voix quand il entendit des pas. *Merde*. C'étaient peut-être des enfants qui avaient escaladé le portail, mais il s'en serait bien passé ce soir.

Il fit un pas en direction de la cuisine avec l'intention de leur faire peur avant qu'ils ne causent plus de dégâts dans la vieille bâtisse abîmée.

C'est alors qu'il la vit. *Brooke*. Elle était debout sous l'arche qui séparait le salon de la salle à manger. Elle portait un jean, maintenant, avec un pull noir, et ses longs cheveux blonds tombaient sur ses épaules.

La lumière de la pleine lune passait à travers un trou dans le toit, faisant briller sa chevelure telle une auréole, contraste tranchant avec son corps sombre. Elle semblait éthérée. Belle.

Pendant une fraction de seconde, il pensa que son souhait était devenu réalité et qu'il était revenu dans le temps, cinq ans plus tôt, quand elle était toujours sienne.

Ensuite, elle parla et le charme fut rompu.

— Qui est là ?

Il entendit la peur dans sa voix et il prit conscience qu'elle n'était pas venue ici pour le voir. *Intéressant*. Il glissa le couteau à nouveau dans sa botte, puis il fit un pas en avant, quittant sa zone d'ombre.

— Brooke, dit-il. C'est moi.

— Spencer ? fit-elle en regardant des deux côtés, l'air effrayé. Je ne m'attendais pas à ce que tu sois ici. Je...

— Je sais.

Il fit un pas en avant.

— Non, s'il te plaît. Ne fais pas ça.

Elle croisa son regard.

— Ça va aller. Je m'en vais.

Une émotion lui étreignit le cœur. Il ne pouvait pas la laisser partir. Pas ainsi. Pas comme si le destin l'avait amenée ici pour lui donner une chance de se hisser hors du trou qu'il avait lui-même creusé.

— S'il te plaît, dit-il. Reste.

Elle s'enveloppa de ses bras.

— J'avais besoin... Enfin, je voulais être seule.

Merde. C'était sa faute. Parce qu'il s'était comporté comme un moins que rien.

— Compte tenu du fait que je ne suis pas vraiment humain, là tout de suite (parce qu'honnêtement, je me sens moins qu'un humain), on peut dire que tu es toute seule malgré ma présence.

L'ombre d'un sourire apparut sur ses lèvres.

— Je te déteste un peu, là tout de suite.

Les mots étaient une libération.

— Normal, dit-il. Je me déteste aussi. J'ai été un affreux connard. Et un million d'autres choses tout aussi abjectes.

— Je ne te contredirai pas sur ce point.

Elle jeta un œil derrière elle, mais elle ne fit aucun mouvement pour partir. *Bien.* À ce moment précis, ce qu'il voulait le plus au monde, c'était qu'elle reste. Pour qu'elle puisse le voir à nouveau comme Spencer, et non pas comme le pauvre idiot qu'il avait été au cours des derniers jours.

— Comment es-tu entrée ? Tu t'es souvenue de ce que je t'avais montré ?

Cette fois, son sourire était franc. Il se sentait comme un héros, fier de l'avoir fait apparaître sur ses lèvres.

— Je m'en souviens, mais je n'étais douée que lorsque j'étais avec toi.

Il savait qu'elle parlait de crocheter une serrure, mais ses mots le réchauffèrent, lourds de sens. Il s'éclaircit la gorge, conscient qu'il extrapolait trop. Qu'il espérait trop.

— Alors, si tu n'as pas crocheté la serrure, comment es-tu entrée ?

— L'agent qui s'occupe de ce manoir, Amanda, est l'une de mes plus proches amies. J'ai fait une tentative avec le code du verrou et j'ai réussi.

— Un outil toujours utile quand on essaie d'entrer dans un vieux manoir en ruine. Connaître ses repères.

— Oui, bon, pas sûr qu'Amanda soit un repère en tant que tel. Cela dit, en parlant de ruines...

Elle regarda autour d'elle.

— Ça a empiré depuis la dernière fois que nous sommes venus, non ?

Son cœur se serra à cette évocation. Ils avaient tant de choses en commun. Ils avaient tant perdu.

Ce soir, il avait tenté de la punir pour cela, mais c'était peut-être aussi sa faute. Il ne s'était pas assez battu, il avait seulement accepté. Il avait été furieux quand elle lui avait annoncé qu'elle le quittait et il l'avait tout simplement laissée partir.

— Je suis désolé, dit-il avec toute la ferveur dont il était capable.

Elle pencha la tête.

— Tu as raison. Mais pourquoi t'excuses-tu exactement ?

— Maintenant ? Je m'excuse pour ce soir. Parce que je me suis comporté comme un connard. Parce que j'ai utilisé tes sentiments comme un jeu et j'ai essayé de te punir de m'avoir quitté. Ça m'a tué quand tu es partie. Mais c'était ton choix et ce que j'ai fait est impardonnable.

— Mon choix, murmura-t-elle, si doucement qu'il se demanda si elle avait conscience d'avoir prononcé ce mot à voix haute.

— Tu as choisi de vivre ta vie sans moi, puis la chaîne m'annonce que je dois faire cette émission avec toi. C'était un choix impossible. Alors, j'ai décidé de faire comme un bébé grincheux qui n'obtient pas ce qu'il veut. Ce n'est pas une excuse, je sais, mais c'est peut-être une explication, dit-il en soupirant. Ça te paraît sensé ?

Pendant un long moment, elle ne dit rien. Puis elle croisa son regard.

— Oui, je comprends. Ce n'est pas facile de laisser les autres prendre le contrôle, surtout quand on n'a pas le choix.

Elle détourna rapidement le regard et passa à côté de lui, hors de portée de ses bras, pour aller se recroqueviller sur le siège de la fenêtre, où ils avaient l'habitude de s'asseoir pour admirer le jardin.

— Alors, tu me dis que j'avais raison ? demanda-t-elle.

Il leva brusquement la tête.

— À quel propos ?

— Ce que je t'ai dit dans la chambre d'hôtel... Que ce n'est pas le genre d'homme que tu es.

— Du genre à baiser les femmes pour obtenir ce qu'il veut ? À les humilier et les forcer à se mettre dans des situations impossibles parce qu'il n'est pas assez viril pour ravaler sa fierté et assumer qu'il a eu le cœur brisé ?

Il haussa les épaules.

— Je n'aurais jamais cru que cela puisse être moi. Mais tu es revenue dans ma vie et j'ai un peu dérapé.

Elle leva les sourcils.

— Un peu ?

— Beaucoup. Tu m'as toujours inspiré pour faire les choses en grand.

Cette fois, elle éclata de rire. Un rire véritable, sincère. Une partie de la glace autour de son cœur fondit.

— Brooke.

Il entendit le désir dans sa propre voix, puis il ferma la bouche et secoua la tête. Il n'allait pas lui demander pourquoi. Il n'allait pas détruire ce moment.

— Tu m'as manqué, lui dit-il à la place.

— Je sais. Tu m'as manqué aussi.

Sa voix était si basse qu'il crut avoir mal compris.

— Quoi ?

— Bon, pas le *toi* de ces derniers jours, répondit-elle en haussant les sourcils comme pour enfoncer le clou. Mais le vrai Spencer. Il me manque.

Il faillit répliquer qu'elle avait l'ancien Spencer quand elle était partie le jour de leur mariage, mais il s'efforça de maîtriser sa colère. Ils faisaient des progrès, après tout. Il se contenta de souffler :

— Oh.

Il s'approcha d'elle et fit un signe de tête en direction du siège. Elle hésita, puis elle leva les jambes pour lui faire de la place.

Le silence planait entre eux, aussi épais que la poussière dans l'air. Enfin, Spencer s'éclaircit la gorge.

— Je suis allé voir Richie. Après ton départ.

— Quand il a été gracié, dit-elle. Bien sûr.

Ses joues rougirent.

— J'y suis allée, moi aussi.

Cette révélation le sidéra.

— Tu... Quoi ? Pourquoi ?

Elle haussa une épaule.

— C'était quelques semaines plus tard. J'ai... J'ai toujours apprécié Richie.

— Il t'apprécie aussi. Il m'a dit que je devrais me battre pour toi.

— Vraiment ?

Elle posa son menton sur ses genoux.

— Alors, pourquoi tu ne l'as pas fait ?

— Est-ce que ça aurait changé quelque chose ?

Il vit son expression vaciller, semblable à de la douleur sur son visage.

— Non, murmura-t-elle.

— C'est ce que je pensais. Pour être honnête, à ce moment-là, je ne suis pas certain que c'est ce que j'aurais voulu.

— Non, reprit-elle en se léchant les lèvres. Bien sûr, tu ne l'aurais pas voulu.

— Voilà.

Il s'essuya les mains sur son jean, embarrassé par cette conversation. Elle était juste là, à quelques centimètres de lui. La femme qu'il désirait de tout son cœur et de toute son âme... Et il se contentait de bavarder.

— Alors, tu es allé voir Richie, continua-t-il – en cet instant, c'était le mieux qui lui venait à l'esprit.

— Oui, j'y serais allée plus tôt, mais j'avais peur de t'y croiser, et...

— Tu as raison, je n'aurais pas supporté.

— Non, murmura-t-elle. J'avais peur de ne pas pouvoir le supporter, moi.

Il avait envie de lui crier qu'elle avait pourtant bien supporté sa présence pendant les deux ans où ils étaient sortis ensemble. À dormir dans son lit. À lui procurer la plus intense des satisfactions en hurlant son prénom encore et encore dans les affres du plaisir. *Ça*, elle pouvait le supporter, mais le voir l'aurait blessée ? Parce qu'elle avait eu une illumination, elle avait réalisé combien elle avait été idiote, et elle avait pris ses jambes à son cou...

Il se contenta de demander :

— Pourquoi es-tu allée le voir ?

Elle haussa mollement les épaules.

— J'avais mes raisons. Principalement pour voir s'il allait bien, dit-elle en s'humectant les lèvres. Et je me suis dit qu'il pourrait me donner de tes nouvelles. Tu étais forcément allé lui rendre visite.

— J'y suis allé. Je lui ai tout dit. C'était plutôt égoïste de ma part, étant donné ce qu'il avait traversé, mais il n'y a pas grand-chose que l'on puisse dire après : *merci mon Dieu, tu es toujours en vie*. Merci Dieu et le gouverneur.

— C'est vrai, dit-elle, la tête penchée en avant, les doigts croisés.

Il fronça les sourcils et un frisson remonta le long de

son dos. Quelque chose n'allait pas, mais il ne savait pas quoi.

— Brooke ?

Lorsqu'elle leva son visage, il aperçut des larmes dans ses yeux.

— Brooke ? répéta-t-il. Qu'est-ce qu'il y a ?

— C'est si tragique ce qui lui est arrivé, je suis soulagée que sa sentence ait été allégée.

Elle lui adressa un sourire qui paraissait forcé, crispé.

— Je suis sentimentale, c'est tout.

Il ne la croyait pas, mais il choisit de ne pas insister. Dieu seul savait qu'il avait suffisamment fait pression sur elle ce soir.

Il se redressa sur son siège en essayant de trouver une position plus confortable. La banquette était conçue pour deux personnes, mais ils y étaient trop à l'étroit, d'autant plus qu'ils faisaient leur possible pour ne pas se toucher. Une fois qu'il se fut tourné, il se rendit compte que sa jambe touchait légèrement la sienne.

Aussitôt, cet infime point de jonction l'obséda.

— Comment va ton père ? demanda-t-elle, comme si ce contact ne l'affectait pas.

— Ça va. Mentalement, il est toujours absent la plupart du temps, mais il y a de bons jours où il se souvient de moi. Et puis, des mauvais où il ne pense qu'à Richie.

Il avait subi un arrêt cardiaque quand on avait refusé le premier appel de Richie, et depuis, il était dans un centre de soins.

— Il est là-bas depuis des années maintenant, dit Spencer en secouant la tête. Il n'était jamais resté aussi longtemps quelque part de toute sa vie.

Son père n'avait jamais eu de foyer bien à lui. Il avait traîné Richie et Spencer de location en location, logeant parfois dans une cabane à outils sur les lieux de ses travaux. Il construisait ou rénovait les maisons des autres, mais jamais pour lui ou sa famille. Pas assez d'argent. Pas assez de temps.

L'ironie, c'était que maintenant, Spencer était nomade à son tour. Il dormait chez des amis dans son ancien quartier en attendant d'avoir le titre de propriété du manoir pour éviter de gaspiller ne serait-ce que dix centimes de l'argent qu'il lui restait pour une dépense aussi ridicule qu'une location.

— Je suis désolée, dit-elle.

— Nous avons la vie dure, nous les Dean, fit-il en haussant les épaules. Mon père a travaillé d'arrache-pied toute sa vie sans décocher le ticket gagnant.

— Il a fait du bon travail avec toi.

Spencer passa la main dans ses cheveux. Il avait oublié combien c'était facile de lui parler. Combien il aimait l'avoir à ses côtés.

— Il a essayé, ça, c'est sûr. Comment l'ai-je remercié ? J'ai abandonné l'école où il m'avait inscrit. Pourtant, Richie et lui avaient travaillé dur pour me permettre de l'intégrer.

— Ne sois pas si sévère avec toi-même. Nous savons tous les deux qu'il y avait des circonstances atténuantes. Ton frère venait seulement d'être envoyé en prison. Plus tard, ton père est tombé malade, mais tu as réussi à soutenir ta famille, Spencer.

Elle se redressa et son jean frotta contre le sien.

— Tu as fait quelque chose de ta vie.

— Vraiment ?

Il croisa son regard, conscient à l'extrême de leur proximité. De ce point de contact.

— Tout ce que je sais faire, c'est travailler avec mes mains. Le monde des affaires ? La planification financière ? C'est un cauchemar pour moi et ça me rend faible.

— Personne n'aime ce genre de choses.

— Tu sais pourquoi je fais cette émission.

— Parce que tu leur dois une émission sur ton contrat.

— C'est vrai, mais il y a une autre raison. Je paie pour ses soins. Pour qu'il ait une chambre correcte, tu comprends ? Et *boum*, tout l'argent s'est envolé. Parce que je me suis trompé et que je n'ai pas fait attention à mes propres finances. J'ai besoin de cette émission pour le garder dans une bonne résidence. Sinon, il sera transféré dans un autre centre, à l'autre bout de la ville, et je suis presque certain qu'ils ne mettront pas de fleurs fraîches dans sa chambre tous les jours.

— Je n'en savais rien.

Elle se pencha en avant et prit ses mains dans les siennes. Le choc de la connexion lui fit l'effet d'une décharge électrique.

— Tu es un bon fils. Un homme bon.

— Oui, je l'ai bien prouvé aujourd'hui, non ?

— Tu as été un connard aujourd'hui, acquiesça-t-elle gravement, mais il est presque minuit. Alors, nous pouvons reprendre à neuf.

Elle croisa son regard, ses yeux bleus étincelants.

— Vraiment ? demanda-t-il d'une voix éraillée.

Il sentit le désir lui comprimer la poitrine. La tête lui tournait et une voix agaçante dans son esprit lui disait que tout cela allait trop vite. Pourtant, cinq ans, ça ne lui semblait pas très rapide, au contraire. Ces cinq années avaient été un enfer qu'il avait hâte de laisser derrière lui.

— Pouvons-*nous* recommencer à neuf ? demanda-t-il dans un murmure.

— Je... Spencer.

Elle déglutit sans répondre *oui*. Cela dit, elle ne le contredit pas non plus.

— Je vais t'embrasser maintenant, murmura-t-il avec l'envie éperdue de la goûter. Pas pour te punir, mais parce que je te désire. Si c'est un problème pour toi, ajouta-t-il en se penchant vers elle, tu ferais mieux de m'arrêter tout de suite.

DOUZE

Je vais t'embrasser maintenant.

Ces mots se répercutèrent à travers Brooke, l'emplissant de joie et jouant avec elle. Ils étaient chauds, fougueux et délicieux.

Elle se pencha en avant, consciente qu'elle devrait éviter. Il y avait eu tant de souffrance entre eux. Tant d'opportunités perdues. Et beaucoup trop de secrets.

Il lui manquait terriblement... Le Spencer qui avait été son amant et son ami. Pendant des années, elle avait cru l'avoir perdu à jamais. Et quand il lui avait fait cette sinistre proposition, et elle en avait été convaincue.

Pourtant, ils étaient là, tous les deux, et elle se rendait compte pour la première fois qu'il se sentait aussi déboussolé qu'elle. L'un comme l'autre, ils essayaient de sortir de ces années de deuil et d'envie entremêlés.

Il resterait peut-être pour toujours inaccessible. Leur relation ne reviendrait jamais au beau fixe.

Pour la première fois, elle avait la chance de revivre le passé. Ce n'était pas une chance dont elle se détournerait –

car elle le désirait autant, elle pouvait à peine respirer et son pouls battait la chamade sous sa peau, vibrant de désir.

Avec une douceur infinie, il posa ses mains sur ses joues, la dévisageant de ses grands yeux marron. Elle savait ce qu'il voyait. De la peur, du désir et un soupçon d'audace.

Lentement, ses lèvres formèrent un sourire.

— Je ne dis pas non, murmura-t-elle.

— Merci mon Dieu, dit-il avant de l'embrasser.

Ce ne fut pas un baiser sauvage et passionné comme elle s'y attendait. Non, il était léger. Presque doux. Ses lèvres caressaient les siennes. Sa langue la goûtait.

Une main sur sa nuque, il l'attira à lui. Son pouce l'effleurait tandis que ses lèvres bougeaient tendrement sur les siennes. Sa barbe lui chatouillait la bouche et les joues.

Il prenait son temps, laissant les battements de son cœur s'apaiser. Elle prit plaisir à le goûter, se remémorant toutes ces fois où il l'avait touchée. Embrassée. Les mains de Spencer l'exploraient alors que sa bouche exigeante prenait possession de la sienne.

La chaleur des souvenirs la submergea. Elle en voulait toujours plus. Elle avait envie de rejouer ces souvenirs maintenant, dans le présent. Elle voulait qu'il réclame ses lèvres, qu'il prenne ce qu'elle lui donnait. Qu'il l'embrasse si minutieusement que cela effacerait tous leurs mauvais souvenirs et toutes leurs souffrances passées.

— Spencer, murmura-t-elle contre sa bouche.

Il n'en fallut pas plus. Comme autrefois, il comprit ce qu'elle voulait.

Ses doigts s'entremêlèrent dans sa chevelure et il tira sa tête en arrière. Ses lèvres quittèrent sa bouche pour s'aventurer le long de son cou et elle en frissonna de plaisir, tout son corps se réchauffant telles des braises sur le point de prendre feu.

Ses lèvres parcoururent la peau tendre jusqu'à son oreille, où il joua avec son lobe du bout de la langue avant de chuchoter son nom. Sa voix contenait une telle chaleur qu'elle sentit son sexe se contracter et palpiter de désir.

Il déposa un chemin de baisers sur sa tempe, caressa ses paupières sous ses lèvres douces puis, implacable, il revint à l'assaut de sa bouche. Sa langue, ses dents, son désir et sa dévotion, tout lui était offert dans ce baiser aussi intime que le sexe. Un baiser qui réclamait, qui prenait et qui possédait.

Pourtant, elle en voulait plus.

— Oui, fit-elle. Oh, oui.

Il recula en haletant.

— Spencer, s'il te plaît !

Son prénom était un appel, son intonation un gémissement sourd.

Il secoua la tête.

— Je t'ai laissée au *Driskill* à cause de ce regard, quand tu as vu le lit.

Elle avala sa salive, puis elle baissa les yeux. Elle avait peur qu'il lui demande ce qui avait pu causer l'appréhension qu'il avait vue sur son visage.

— Brooke ? demanda-t-il, son pouce longeant la ligne de sa mâchoire. Mon ange, s'il te plaît, regarde-moi.

Lentement, une fois qu'elle eut rassemblé ses esprits, elle leva les yeux vers lui.

— Je n'ai pas ce regard maintenant.

— Non, et j'en suis heureux. Je voulais seulement en avoir le cœur net. Est-ce que tu es prête ?

Elle réfléchit à la question. Elle le voulait. Bon Dieu, son corps le voulait tellement ! Cependant, si elle couchait avec lui maintenant, elle coucherait avec un souvenir. Si – et c'était un gros *si* – ils voulaient avancer ensemble, ils ne devaient pas être des fantômes l'un pour l'autre.

Elle prit une inspiration, puis elle secoua la tête.

— Je devrais rentrer à la maison. Sinon, je risquerais de porter ces mêmes vêtements demain à la réunion. Ça ne ferait pas très pro.

— Tu es superbe, répondit-il avec un sourire amusé. Mais je comprends.

Elle glissa du rebord de la fenêtre et lissa ses vêtements sous ses paumes. Puis elle prit la main de Spencer et la serra, juste un peu.

— Merci, dit-elle avant de se précipiter vers la porte de peur de changer d'avis.

Brent Sinclair ouvrit la porte de son petit bungalow avec un torchon sur une épaule et un ours en peluche coincé sous le bras.

— C'est lui qui va mener notre réunion ? demanda Brooke en souriant.

Elle ne le connaissait pas encore très bien, mais Jenna lui avait présenté toutes les personnes du *Fix* et Brooke savait que Brent était l'un des propriétaires et qu'il s'occupait de la sécurité. Si elle ne savait pas qu'il était père célibataire, cet ours en peluche et la mine stressée de Brent le lui auraient fait comprendre.

— Entre, dit-il en ouvrant complètement la porte pour

la laisser passer. Excuse cette folie, et merci d'avoir accepté que la réunion ait lieu ici. Je sais que ce n'est pas idéal.

— Ce n'est pas un problème.

— Ma fille a fait un accès de fièvre la nuit dernière. Elle va bien aujourd'hui, mais il y a une règle à la maternelle : vingt-quatre heures sans fièvre, et ma baby-sitter n'est pas disponible.

— Aucun problème, vraiment. Pour être honnête, j'adore ce quartier. Il y a de belles maisons rénovées à Crestview.

Elle regarda autour d'elle. La maison était petite, mais bien agencée.

— Quelqu'un a fait du bon travail avec ces placards encastrés et ces étagères.

— Ce quelqu'un n'est pas moi, répondit Brent. Je l'ai achetée déjà rénovée. Entre les couches, les sorties avec les copines de ma fille et les voyous, j'avais assez à faire.

— Les voyous ?

— Je suis un ancien flic, dit-il. La loi et l'ordre, ça me connaît, mais je suis perdu dans un magasin de bricolage. C'est plutôt le territoire de Reece.

D'un mouvement de tête, il désigna l'arrière de la maison.

— Nous sommes dans la salle à manger. Tu peux aller dans la cuisine te chercher une tasse de café. Je dois donner à Faith son doudou et j'arrive.

Brooke leva le pouce avant de prendre la direction indiquée tout en se demandant si elle arrivait avant Spencer. Dès l'instant où elle mit un pied dans la cuisine, elle sut qu'il était arrivé le premier. Elle ne l'avait pas vu, mais elle l'avait *perçu*. Sa présence. Son énergie.

Elle traversa la cuisine et déboucha dans la petite salle à manger attenante. Il était là, debout dans un coin, et riait avec Reece et Jenna.

Une tasse de café à la main, il en but une gorgée. Au même instant, son regard transperça Brooke par-dessus le rebord de sa tasse, et même si elle ne pouvait pas voir sa bouche, elle remarqua son sourire dans ses yeux. Elle le rejoignit, inexorablement attirée comme s'il était un aimant et qu'elle était en acier.

— Salut, dit-elle.

— Salut, toi.

C'était un échange banal, et pourtant il y avait une chaleur familière dans ces mots qui la traversèrent. Sa main descendit se poser au bas de son dos et elle fit un pas afin de se rapprocher de lui. Il était si confortable, c'était comme rentrer à la maison.

Doucement, se rappela-t-elle. Tu es censée y aller doucement.

Une recommandation intelligente, certes, mais elle n'en tint pas compte. Elle aurait pu reculer pour prendre ses distances, mais elle resta là, en sécurité auprès de lui, et se joignit à la conversation qui oscillait entre les enfants, les voitures et les meilleurs restaurants pour prendre le petit-déjeuner en ville.

— Je suis désolé, dit Brent en arrivant dans la salle à manger, suivi par Molly et Tyree. Nous sommes tous là maintenant et Faith est posée devant *Jeu de Bleue*, alors je pense que c'est bon.

Tout le monde prit place autour de la table. Il y avait même des chaises pliantes afin que chacun trouve un siège. Tyree prit la parole :

— Je voulais vous dire à quel point je suis reconnaissant... *nous* sommes reconnaissants, rectifia-t-il pour inclure Reece, Brent et Jenna, que vous fassiez cette émission. Honnêtement, je n'y aurais pas pensé, mais je suis certain que cela nous apportera de nouveaux clients. En tout cas, c'est mon objectif.

— Et le *nôtre*, c'est d'avoir des téléspectateurs, dit Molly. Alors, cela fonctionne bien pour nous aussi. Votre bar a fière allure, et pourtant il mérite d'être remodelé. De plus, vous avez ce concours de *L'Homme du Mois*. Je ne vous cacherai pas que ce petit plus a fait pencher la balance pour prendre notre décision.

De l'autre côté de la table, Jenna frotta ses ongles contre sa poitrine, ce qui fit rire Reece. Brooke n'avait jamais posé la question, mais elle supposa que l'idée du calendrier provenait de Jenna.

— Andy ne devait pas être là ? demanda Brooke en prenant conscience que Molly était la seule représentante de la chaîne. L'équipe ne devrait-elle pas être présente, elle aussi ?

Molly secoua la tête.

— Andy est reparti à Los Angeles, alors je serai votre contact en ville. Pour ce qui est de l'équipe, nous voulons faire une émission de télé-réalité avec une équipe aussi limitée que possible et sans interaction devant la caméra. Ce qui veut dire que je ne vais même pas vous présenter nos cameramen... Ils utiliseront du matériel discret et portatif la plupart du temps. Tyree, j'aimerais avoir quelques caméras permanentes, si cela vous convient. Nous les placerons près du plafond, peut-être aussi certaines à hauteur des yeux. Nous pourrons prendre des enregistrements chaque fois que nous en aurons besoin.

Le grand gaillard leva les mains.

— Tout ce que vous voudrez.

— L'une des clientes régulières m'a demandé d'être ma stagiaire, dit Brooke.

— Ce doit être Mina, avança Reece. Elle travaille pour Griffin, mais elle a moins de boulot entre les deux saisons.

— Je suppose que la réponse est non, puisque nous avons une équipe limitée ?

Molly haussa une épaule.

— Nous pouvons lui confier une caméra. Plus nous aurons d'enregistrements, mieux ce sera. Il y aura quelques tâches mineures. Donnez-lui mon numéro et je lui parlerai.

— Merci, dit Brooke.

Elle avait déjà envie de prendre sous son aile la dynamique étudiante de dernière année.

— C'est tout pour moi, conclut Molly en levant les mains. Brooke, veux-tu passer en revue le plan des rénovations et nous exposer comment tout sera découpé en épisodes ?

— Bien sûr, répondit-elle en lançant un bref coup d'œil à Spencer. J'ai rassemblé pas mal d'idées avant que tu te joignes au projet. Si tu veux faire des changements ou...

— Je suis certain que ça ira. Lance-toi. Je ferai des commentaires si j'ai quelque chose à dire.

— Maintenant, je culpabilise, dit Brent. Ce serait plus facile si nous étions au bar.

Brooke fit un signe de la main pour écarter ses propos.

— Personne ne connaît cet endroit mieux que vous. Si vous n'arrivez pas à voir ce dont je parle avec mes ébauches, ça veut dire que je ne suis pas douée pour les exposés.

Elle ouvrit son portfolio et en sortit ses maquettes en commençant par la scène.

— Puisque vous utilisez la scène pour le concours et pour les concerts, je voudrais démolir ce qui est en place et mettre une scène plus grande, seulement dans les sections amovibles.

Elle présenta plusieurs pages pour montrer comment elle envisageait l'agencement de la scène comme un puzzle.

— Nous pouvons faire la même chose avec les places assises. Nous avons des tables qui se plient et se combinent afin de créer des zones pour deux ou quatre personnes, jusqu'à huit places. En fait, l'idée est de maximiser l'espace autant que possible. Plus nous pourrons faire entrer de clients, mieux ce sera, n'est-ce pas ?

Elle leva la tête pour constater que tout le monde la regardait avec intérêt. Sauf Spencer. Ses yeux à lui exprimaient une intense fierté et elle sentit une vague de plaisir à l'idée de l'avoir impressionné.

À tel point qu'elle en fut un peu déboussolée.

Elle vit ses lèvres remuer – l'enfoiré, il savait qu'il l'avait désarçonnée –, mais elle partit d'un petit rire, enchantée par la tournure des événements. Elle aimait se sentir à nouveau sur la même longueur d'onde avec lui.

Avec un temps de retard, elle se rendit compte que les autres attendaient qu'elle continue. Elle se racla la gorge.

— Bien, ensuite, je voudrais remettre l'intérieur au goût du jour. Il y a beaucoup de choses à faire. L'atmosphère est formidable dans votre bar. Je pense que nous pourrions désencombrer un peu l'arrière pour avoir une meilleure vue d'ensemble grâce aux miroirs derrière les étagères. J'aimerais ajouter un petit bar distinct près de la scène, pour les soirs où il y aura vraiment beaucoup de monde. Je crois que cela pourrait accroître les revenus sur les verres.

— Je ne m'y oppose pas, dit Tyree. Montre-moi ce que tu as à l'esprit.

Elle s'exécuta, puis elle passa à des rénovations plus spécifiques qui entreraient dans le planning pour l'émission.

— En fait, nous pourrions terminer bien avant la fin du concours, surtout si chaque concours est espacé de deux semaines.

— Ce qui ne coïncide pas avec nos plans, ajouta Molly. Voilà pourquoi nous aimerions aussi effectuer quelques travaux dans la plus petite salle à l'arrière. Cela ne faisait pas partie du plan original, et nous savons que ce ne sera pas utilisé pour le concours, mais nous espérions pouvoir vous convaincre en fournissant le matériel et la main-d'œuvre.

Jenna et les hommes échangèrent un regard.

— Nous n'y voyons aucun inconvénient.

— C'est ce que je pensais, dit Molly en riant. Il y a une dernière chose...

Elle laissa sa phrase en suspens, les yeux tournés vers Spencer.

— Andy et moi aimerions ajouter un peu de fantaisie à l'émission.

— De fantaisie ? répéta Reece. Comment ça ?

— Nous voulons que Spencer soit un concurrent.

Ce dernier s'étouffa en avalant de travers sa gorgée de café.

— Quoi ? Vous plaisantez ? Pas question.

— Ce serait super pour l'émission, insista Molly. Et ce serait bon pour tout le monde.

— Sauf que je...

— C'est génial, intervint Brooke en lui adressant un sourire machiavélique.

— Vraiment ?

— Ce serait bon pour nous aussi, renchérit Jenna. Nous n'avons que dix concurrents pour le moment. Notre objectif est d'avoir douze hommes pour chaque mois de l'année.

— Tu vois ? dit Brooke, incapable de cacher son amusement. Tu serais fabuleux. Ça ferait un clin d'œil sympa pendant l'émission. En plus, tu pourrais te pavaner torse nu.

— Ça te plairait ?

— Je pense que ça plairait à toutes les femmes dans ce bar.

Elle pencha la tête, lui lançant un défi.

À sa grande surprise, il rencontra son regard et répondit :

— D'accord. Il semblerait que je sois en lice pour devenir Mister Février.

TREIZE

— Tu sais pourquoi ils font ça ? demanda Spencer à Brooke.

Ils étaient toujours chez Brent, même si la réunion était terminée.

— Quoi ? Le concours de Mister Février ?

— Ne fais pas l'innocente, dit-il en pointant un doigt vers elle.

Elle fit semblant de le mordre, puis se mit à rire.

— Tu as dit que ça te convenait.

— Je me suis dit que ça valait mieux que les mélodrames qu'ils s'imaginent peut-être.

Elle réfléchit, écarquillant les yeux au fil de ses idées.

— Oh, tu crois qu'ils s'inquiétaient pour l'émission puisque nous nous entendons bien ? demanda-t-elle enfin en penchant la tête, un sourire aux lèvres. Nous devrions peut-être devenir froids et distants. Nous disputer beaucoup. Je pourrais casser des objets. De toute façon, ça ne fonctionnerait pas, puisque tu as la tête dure.

— Attention, lança-t-il avec un rire tout en l'agrippant par la taille pour l'étreindre de côté.

Elle soupira et s'abandonna contre lui, heureuse. C'était bien. Chaud et confortable, sans la moindre tension.

Certes, il y avait peut-être *quelques* tensions, mais dans le bon sens du terme. Elle espérait pouvoir y remédier plus tard. Ensemble. Au lit.

— Papa !

Une petite voix se fit entendre dans la salle à manger et Jenna prit la fillette dans ses bras quand elle fit son apparition, vêtue d'une grenouillère.

— Salut, Faith. Tu ne devrais pas être au lit ?

— Où est papa ?

— Il a raccompagné oncle Tyree à sa voiture. Il va revenir tout de suite.

— Oncle Tyree ! Est-ce que je peux lui dire au revoir ?

— D'accord. Vas-y.

Elle posa la petite par terre, puis leva les yeux vers Reece qui n'avait rien perdu de cet échange. Son expression était empreinte de douceur.

— Je vais la suivre au cas où, dit-elle.

Lorsqu'elle passa devant lui, Brooke vit Reece effleurer le ventre de Jenna.

Jenna n'avait rien dit, mais elle eut le sentiment qu'elle était enceinte. Un sentiment doux-amer envahit Brooke et elle s'efforça de ne pas regarder Spencer. C'était ce qu'elle voulait. Un foyer plein d'amour. Une famille. *Spencer*.

Ils s'étaient tellement éloignés du chemin qu'elle ignorait s'ils arriveraient à tout remettre en ordre. En tout cas, ce serait impossible tant qu'elle ne lui dirait pas la vérité quant à la raison pour laquelle elle l'avait quitté.

Elle ne savait pas comment se lancer dans cette conversation.

Quelques jours plus tard, elle n'était pas plus avancée sur la manière d'aborder le sujet, mais elle n'avait plus le temps d'y penser. Ils étaient dans les travaux jusqu'au cou.

Pendant des jours, ils n'arrêtèrent pas, travaillant tôt le matin jusqu'à l'ouverture du bar. Ensuite, ils se posaient à une table pour déjeuner tout en planifiant la prochaine journée de rénovation.

Tout se passait très bien. La scène avait disparu et la remplaçante prenait forme lentement. Brooke ne s'inquiétait pas de finir dans les temps. C'était sa priorité, bien sûr, puisqu'elle devait être en place pour le prochain concours. Spencer et elle partageaient une sorte de connexion au travail, du genre que l'on n'obtient qu'après plusieurs années à lire dans les pensées l'un de l'autre et à prévenir ses moindres désirs.

Pourtant, ils ne s'étaient pas revus pendant des années. D'après Brooke, c'était de bon augure pour le futur.

Spencer représentait la meilleure partie du travail... et la plus frustrante aussi. Parce que chaque fois qu'ils étaient proches, elle pouvait sentir sa main dans son dos, ou sa hanche qui effleurait la sienne quand ils se tenaient au bar pour regarder les plans. Il caressait ses cheveux pour les remettre derrière son oreille et l'inévitable contact du bout de ses doigts sur sa joue la rendait folle.

Elle ne pensait pas qu'il le faisait exprès, néanmoins elle brûlait d'un désir ravageur.

Il le faisait aussi devant les caméras, même s'ils étaient tellement habitués aux deux cameramen qui évoluaient discrètement en arrière-plan qu'elle n'était pas certaine que cela la dérange vraiment. Elle ressentait même une bouffée de plaisir en songeant que ces petits contacts seraient immortalisés. Ils étaient réels, concrets. Comme si le fait d'être capturés à la caméra pouvait rendre leur relation plus solide. C'était idiot, elle le savait, mais elle en trépignait d'envie.

Les petits contacts devant la caméra étaient une chose, les gestes audacieux en étaient une autre. Ainsi, quand il s'approcha d'elle et lui prit la main pour l'attirer contre lui, elle étouffa un cri et pivota vers la caméra.

— Sors avec moi ce soir, lui dit-il.

— Ce soir ? Pourquoi ?

Ce n'était pas la bonne question. Tout ce qu'elle voulait, c'était souffler sur les braises ardentes. Il se pencha en avant, la bouche tout près de son oreille.

— Parce que je te veux, dit-il avant de jouer avec son lobe du bout de la langue.

Ses jambes faillirent se dérober. Heureusement qu'il la tenait par la taille.

— Spencer, protesta-t-elle sans grande conviction. Nous sommes devant les caméras. Et puis, il est midi. Le bar ouvre au public maintenant.

— Et alors ? Au moins, les gens sauront que je te désire, dit-il en s'éloignant avec une expression malicieuse. Les producteurs veulent du mélodrame, non ?

Il suivit sa lèvre du bout des doigts et elle étouffa un gémissement.

— Si on ne se dispute pas, ils se satisferont peut-être du vieil adage : le sexe fait vendre.

Elle éclata de rire.

— Oui, dit-elle. Je pense que ça leur plairait.

Elle avait le souffle court, dans l'expectative.

— Alors, tu viens ce soir ?

— Nous devons travailler. Le concours est dans une semaine et demie.

— C'est samedi soir. On ne peut plus travailler ici. Tout le planning est fait. Accepte, Brooke, insista-t-il en baissant la voix. S'il te plaît.

C'était une requête toute simple, mais elle la traversa, pleine de sous-entendus inavoués qui faisaient vibrer son corps de désir.

— Allez, la pressa-t-il. Dis oui.

Elle était sur le point de dire exactement ce qu'il attendait lorsqu'en regardant vers la porte, elle vit son père debout sur le seuil.

— Merde.

On aurait dit qu'il venait de lui verser un seau d'eau glacée sur la tête. Non seulement elle ne voulait pas voir son père, mais sa présence lui rappelait la vérité qu'elle devait annoncer à Spencer.

— Je reviens tout de suite.

À son grand soulagement, Spencer n'essaya pas de l'arrêter ni de l'accompagner.

— Qu'est-ce que tu fais ici ? demanda-t-elle en arrivant auprès de son père.

— Je vois que tu n'as pas prêté attention à la conversation que nous avons eue l'autre jour.

— Contente de voir que tu n'as pas besoin de lunettes, papa. Ta vue est parfaite.

Il se pinça l'arête du nez.

— Si tu insistes dans cette voie, au moins fais-le avec dignité.

Elle leva les sourcils.

— Excuse-moi ?

— J'accepte que ce soit ton choix de carrière... Les rénovations, je veux dire. Tu as le coup de main et tu as acquis une solide réputation dans la communauté.

Elle croisa les bras sur sa poitrine.

— Tu as fait des recherches sur moi. Waouh, je devrais être flattée ?

— Je te propose de financer *Réno Boutique*. Ton entreprise. Pas cette émission ridicule. Laisse l'émission à Monsieur Dean. Retourne à ton travail et assure-toi d'avoir suffisamment de capital pour accepter des projets plus grands et plus prestigieux. C'est ce que tu cherches comme résultat avec cette émission, n'est-ce pas ?

C'était le cas, mais elle refusait de l'admettre à voix haute.

— Pourquoi ?

— Je te l'ai déjà dit. Je ne veux pas que tu sois avec cet homme, ni sur le plan personnel ni professionnel. Il est dangereux. Tu l'as interrogé sur ses problèmes financiers ? Tu ne dois pas le côtoyer. Tôt ou tard, il va te décevoir.

La colère bouillonnait en elle. Elle avait envie de l'envoyer au diable, de lui dire que ce n'étaient pas ses affaires, que cela regardait uniquement Spencer et ses choix de vie. Elle avait envie de fréquenter Spencer à nouveau, et son père aurait beau essayer de sauter sur toutes les opportunités pour les séparer, cela n'y changerait rien.

Elle voulait lui dire tout cela, mais elle garda le contrôle. Au lieu de quoi, elle répondit :

— Papa, je crois qu'il est temps de t'en aller.

Elle lui tourna le dos, puis elle se dirigea vers Spencer en espérant ne pas céder à l'hyperventilation et s'évanouir en chemin.

— Il est toujours là ? demanda-t-elle.

— Il me fusille du regard, confirma Spencer.

— Embrasse-moi.

Ses yeux s'agrandirent.

— Merde, Spencer, embrasse-moi.

Il s'exécuta. C'était exactement le type de baiser qu'elle désirait. Un baiser fougueux, avec la langue et les dents, qui se réverbéra en elle, éveillant son désir. Féroce, sauvage, exigeant et *possessif*. C'était la clé. Elle voulait qu'il la possède. Qu'il revendique son corps. Qu'il prouve – à elle, à son père et au monde entier – qu'elle était sienne à nouveau, même si c'était faux. Du moins, pas encore.

Elle le désirait plus que tout.

Lorsqu'ils se séparèrent, ils avaient le souffle court.

— Ce soir, dit-elle. Quand et où ?

Son sourire était machiavélique lorsqu'il lui tendit une feuille de papier pliée.

— Je te l'ai écrit. Prends un Uber. Tu n'auras pas besoin de ta voiture. Oui, ajouta-t-il quand elle déplia le papier, c'est un test.

Retrouve-moi là où nous nous sommes embrassés pour la première fois. À 19 heures.

Elle le regarda et il sourit.

— J'y serai à dix-huit heures quarante-cinq.

QUATORZE

À près de deux cent cinquante mètres au-dessus du niveau de la mer, le mont Bonnell était le point culminant d'Austin. Tout le monde en ville y était monté à un moment ou à un autre pour profiter de la vue sur Austin, sur le lac et les collines avoisinantes.

Spencer y venait depuis qu'il était enfant. Il gravissait les cent deux marches jusqu'en haut, puis contournait la jolie aire de pique-nique pavée pour atteindre la partie plus sauvage derrière. Il trouvait un coin plat dans les broussailles, puis il déposait une couverture par terre et s'y asseyait pour contempler le monde en contrebas.

Plus tard, quand il avait commencé à envisager de rénover des maisons, il emportait un bloc-notes. De là-haut, il dessinait ses plans.

Cet endroit avait toujours été magique pour lui, et même s'il était rarement tout seul au sommet, il aimait l'imaginer.

Voilà pourquoi il avait emmené Brooke là-bas dès le deuxième jour, agité comme s'il s'était assis sur un nid de fourmis rouges. Il l'avait rencontrée vingt-quatre heures plus tôt, et pourtant il l'avait invitée dès qu'il avait changé son pneu. Cette sortie, qui n'en était pas vraiment une, avait été la soirée la plus parfaite qu'il ait jamais passée avec une femme.

Il était amoureux, il n'y avait pas d'autre mot. Bien qu'il ne l'eût pas embrassée le premier soir, il n'avait pensé qu'à cela jusqu'à ce qu'elle le rejoigne sur ce promontoire iconique.

C'était à l'époque. Les choses n'avaient pas vraiment changé, parce qu'il était fébrile à l'idée de se retrouver avec Brooke dans le parc. Il était à peine dix-huit heures quarante-cinq, et pourtant il passait son temps à revenir vers les escaliers pour guetter son arrivée.

Puis, comme par enchantement, elle apparut.

Elle se tenait en haut des marches. L'arrière-plan à couper le souffle, avec le ciel et les arbres, paraissait soudain bien pauvre à côté de sa beauté. Elle portait un jean et un t-shirt, et elle lui sembla plus sexy que jamais.

Elle fronça les sourcils, posa ses mains sur son front et regarda aux alentours. De toute évidence, elle le cherchait. Il attendit un instant. C'était stupide, mais il aimait savoir qu'elle le cherchait. Enfin, il fit un pas pour se manifester et il fut récompensé par un sourire aussi brillant que le soleil.

— Salut, dit-elle. C'est drôle de te retrouver ici.

— Viens, dit-il en lui prenant la main pour la guider vers le sentier de terre tout près.

Ils le suivirent avant de s'enfoncer à travers les branches de genévrier vers un endroit reculé qu'il avait trouvé quand il était arrivé plus tôt.

— C'est parfait, dit-elle en regardant la couverture posée à même la terre et les cailloux.

Quelques mètres devant eux, la colline semblait descendre en pente raide. Il ne voulait pas qu'elle s'approche trop du rebord, mais de là où ils étaient assis, ils pouvaient voir le fleuve. Bientôt, ils auraient une vue magnifique avec le coucher du soleil.

Il passa ses bras autour d'elle et elle s'appuya contre lui en poussant un soupir de plaisir et de soulagement.

— Ça va ?

Elle pencha la tête afin de lui sourire.

— Maintenant, oui.

Il déposa un baiser rapide sur ses lèvres et elle rit avant de murmurer :

— Ça chatouille.

— Je devrais me raser ? demanda-t-il, amusé.

— Non, jamais. Tu es parfait.

Ces mots le réchauffèrent, mais il ne pouvait se défaire d'un sentiment désagréable. Quelque chose n'allait pas. Il répugnait à le penser, mais il redoutait que ce soit à cause de lui.

— Brooke, qu'est-ce qui ne va pas ?

Cette fois, quand elle le regarda, ce fut avec une mine renfrognée.

— C'est si évident ?

— Je te connais bien, tu sais.

— Oui. Après tout ce temps. C'est un miracle pour moi que nous soyons ensemble à nouveau. Si nous ne gâchons pas tout, nous pourrons peut-être connaître une fin heureuse.

Ses mots provoquèrent en lui des fusées de joie. C'était

exactement ce qu'il pensait, évidemment, mais il ne savait pas qu'elle partageait cet espoir. C'était la première fois depuis leurs retrouvailles que l'un d'eux parlait concrètement de l'avenir.

— Et forcément, ça te contrarie, dit-il sur un ton pince-sans-rire.

Comme il l'espérait, elle le prit avec humour.

— Ne me dis pas que tu as oublié l'empêcheur de tourner en rond !

Il sentit un sourire sur ses lèvres.

— Oh, que non.

— Ça m'énerve que mon père vienne toujours fourrer son nez dans mes affaires.

— Ah.

Il se pencha en arrière, posant les mains au sol pour se soutenir. Il aurait dû se douter que la rencontre d'aujourd'hui avec son père ne se résumait pas à d'aimables salutations.

— Qu'est-ce qu'il voulait ?

— Il voulait seulement que je quitte l'émission et que je parte loin de toi. Pour me convaincre, il a dit qu'il soutiendrait financièrement mon entreprise et qu'il m'aiderait à décrocher des projets plus juteux et prestigieux.

Il sentit sa bouche s'assécher.

— Ce n'est pas une mauvaise proposition.

Elle leva les yeux au ciel.

— C'est horrible, tu veux dire. Faire des affaires avec mon père ? Surtout s'il veut t'écarter du tableau ?

— Je sais, mais il t'aime. Il veut t'aider.

Ses yeux bleus devinrent aussi durs que le silex.

— Ce qu'il veut, c'est que tu sois hors de ma vie, alors cette fois, il utilise mon entreprise pour m'influencer.

À ces mots, il s'alarma.

— Cette fois ?

Elle hocha la tête. Soudain, elle paraissait beaucoup plus jeune que ses vingt-huit ans.

— Je dois te dire quelque chose, murmura-t-elle. Tu me détesteras peut-être... Je ne t'en voudrai pas, mais la seule idée de te perdre me terrifie.

Une grosse larme se détacha de ses cils pour atterrir sur la couverture et une autre roula le long de son nez.

L'effroi le fit frissonner. Il voulait la rassurer, lui dire que tout se passerait bien, mais tout ce qu'il parvint à dire, ce fut :

— Raconte-moi.

— C'était mon père, dit-elle lentement en mesurant chacun de ses mots.

— Ton père ? Pourquoi *c'était* ?

— Notre mariage. Quand je t'ai vu dans le jardin pour te dire que je ne pouvais pas continuer, poursuit-elle en se léchant les lèvres. Je ne voulais pas le faire, mon Dieu, je ne voulais pas.

Il avait envie de crier. Il voulait la secouer et lui demander pourquoi elle lui avait fait ça – *leur avait fait ça* – si elle ne le voulait pas. Il n'aimait pas ce qu'il entendait. Sa douleur et sa colère ne faciliteraient pas les choses, ni pour lui ni pour elle.

Il resta silencieux et elle poursuivit tout en le regardant. Il pouvait voir sa fatigue, mais aussi le soulagement sur son visage au fur et à mesure que les mots sortaient. C'était comme si elle les avait gardés derrière un barrage et qu'elle avait ouvert les vannes, parvenant enfin à tout dire, à débiter toute l'histoire sur la promesse que son père lui avait faite pour la grâce de Richie. Ainsi que le terrible choix auquel Brooke avait été réduite en échange.

Il ne dit rien tant qu'elle n'eut pas terminé, puis il se redressa et posa son front sur ses genoux, les bras autour de ses jambes pour s'isoler du monde. *Son père.*

C'était son ordure de père qui avait sauvé son frère.

— Il en avait le pouvoir, dit-il enfin, tournant la tête en direction de Brooke. Ton père tenait la vie de mon frère entre ses mains. Cet enfoiré a utilisé ce pouvoir pour jouer le marionnettiste avec nos trois vies.

— Je sais, dit-elle. Crois-moi, je sais.

— Tu aurais dû me le dire. Tu aurais dû me faire confiance et tout m'expliquer. Si tu ne pouvais pas le faire avant, au moins après que le gouverneur lui a accordé sa grâce.

— Je le voulais... J'en avais l'intention. Mais ensuite, mon père m'a parlé de ton dossier. Tout ce qui s'est passé après l'arrestation de Richie, quand tu avais perdu les pédales, dit-elle en déglutissant péniblement. Il a dit qu'il allait tout donner à ton producteur, que ce serait un scandale sur les réseaux sociaux et que ça ruinerait l'émission.

— Merde. Tu aurais dû me le dire.

Il se frotta le visage.

— C'est tout le problème, reprit-elle. Si je te l'avais dit, il aurait tout balancé. Il t'aurait détruit. Ne prétends pas que j'ai tort. Tu n'as pas vraiment fait de pub sur ton passé devant les producteurs. J'étais là, tu te souviens ? Tu n'arrêtais pas de me dire qu'il fallait que les gens puissent s'identifier à toi.

— Les gens ne s'identifient pas aux enfants des quartiers chauds qui doivent s'en sortir, rétorqua-t-il, sa colère sur le point d'exploser. Ils ne veulent pas d'un homme qui devient fou quand son frère est envoyé dans le couloir de la mort, qui évite les gangs et se bat comme un forcené pour s'en sortir. Non, je suppose que la plupart des gens ne s'identifient pas à ça.

Elle se pencha en avant et posa une main sur son genou.

— Ce n'est pas ce que je veux dire et tu le sais.

— Non, tu avais peur que je perde l'émission, et on ne pouvait pas laisser passer une telle occasion.

Il ne parlait pas sérieusement et il le savait. La colère et la douleur alimentées par des années de regret bousculaient dans sa bouche des paroles dures qu'il voulut reprendre dès qu'il les eut prononcées :

— Un ouvrier du bâtiment de la côte est, ce n'était pas assez bien pour toi.

Aussitôt, sa paume vola et elle le frappa sur la joue.

— Je t'emmerde, Spencer Dean. *Je t'emmerde.*

Des larmes coulaient au bout de ses cils.

— J'étais à tes côtés pendant des années avant que cette émission ne soit qu'une étincelle dans tes yeux, mais quand elle est arrivée, tu l'as voulue. Ne le nie pas. Moi, *je* le sais ! Je le sais parce que c'est à moi que tu l'as dit. J'étais devant un dilemme cornélien et j'ai fait ce que je croyais juste.

— Tu m'as protégé.

— Oui.

Elle renifla, puis elle essuya son nez sur sa manche.

— Tu n'aurais pas dû me protéger. C'est moi qui aurais dû *te* protéger.

Elle éclata de rire, la voix encore chargée de larmes.

— Oh, mon Dieu, tu te prends pour un homme des cavernes ?

— Avec toi, il faut croire que oui.

Il vit un éclat dans ses yeux et l'ombre d'un sourire dansa sur ses lèvres.

— J'aurais dû être là, continua-t-il en lui prenant la main, créant un contact électrique. Tu n'aurais pas dû affronter ça toute seule.

— En théorie, répondit-elle, caressant le dos de sa main avec son pouce. En de telles circonstances, ça aurait été difficile dans la pratique.

Elle croisa son regard, les lèvres entrouvertes, le souffle court.

— Je suis désolé.

Même s'il voulait ajouter autre chose, il ne le pouvait pas. Pas encore. Il n'avait pas besoin de mots, il avait besoin *d'elle*. Alors, il l'attira à lui, la hissant sur ses genoux, et se pencha pour poser sa bouche sur la sienne. Elle vint à sa rencontre avec avidité. Leurs dents s'entrechoquaient, leurs bouches se cherchaient, leurs mains tâtonnaient. Il était insatiable. Il voulait prendre possession de cette femme, la faire sienne. Il devait lui faire comprendre, à elle, à son père et au monde entier, qu'elle lui appartenait.

Brutalement, il l'étendit au sol et se pencha sur elle. Brooke s'abandonna sous son corps. Il avait son genou entre ses cuisses et il était aussi dur que de la pierre. Elle referma les doigts dans ses cheveux, plaquant résolument son visage contre le sien.

Il lui rendit un baiser passionné, perdu dans cette étreinte, dans le fantasme que ce moment pourrait tout réparer. Comme si c'était de la magie et que, s'il pouvait l'embrasser assez longtemps ou assez bien, il ne la perdrait plus jamais.

— S'il te plaît, dit-elle en posant la main sur sa fermeture éclair.

Il gémit et faillit jouir sur place... Mais au même instant, il retrouva ses esprits. Ils étaient sur une colline, dans un parc de la ville. Aussi beau que puisse être le coucher du soleil, il n'y avait rien de romantique à la prendre à même la terre comme un adolescent aux hormones en ébullition.

— À quel point as-tu envie de voir le coucher de soleil ?

— Quoi ?

Sa voix était distante, perdue dans un brouillard de sensualité.

— Si nous partons maintenant, nous raterons le coucher de soleil. C'est comme tu veux.

— Je me moque du coucher de soleil, dit-elle, lui gonflant le cœur de bonheur. Ramène-moi à la maison.

QUINZE

Selon brooke, rouler en Harley était le plus puissant des aphrodisiaques. Quant aux vibromasseurs inventés pour les préliminaires...

Une moto les surpassait largement.

Voilà pourquoi, au moment où Spencer et elle franchirent la porte de sa petite maison confortable, elle le plaqua contre le mur, ses bras autour de son cou, frottant son entrejambe contre le sien. Effronté peut-être, mais elle savait ce qu'elle voulait. *Lui.*

Cela faisait vraiment trop longtemps.

— Tiens, tiens, lui dit-il.

Mais elle n'était pas d'humeur à jouer et elle le fit taire d'un baiser.

Heureusement, Spencer comprit le message tout de suite. L'une de ses mains descendit sur ses fesses pendant que l'autre se glissait sous son t-shirt. Sa paume était chaude contre sa peau.

— Enlève-le, supplia-t-elle. S'il te plaît, enlève-le.

Il savait ce qu'elle voulait dire et ses doigts saisirent

l'ourlet de son t-shirt pour le soulever, le passant par-dessus sa tête avant de l'abandonner négligemment sur le sol. Les mains derrière son dos, elle défit son soutien-gorge, puis elle se tortilla pour le retirer.

Enfin, elle prit les mains de Spencer et les pressa contre ses seins, soupirant de plaisir quand il gémit avec satisfaction.

— Tu sais que j'adore tes mains ? demanda-t-elle.

— Au moins autant que j'adore chaque parcelle de ton corps.

— C'est ça. Prouve-le.

Elle se mit à rire, mais le son se changea en un halètement étranglé lorsqu'il pinça son téton entre son pouce et son index. Enfin, il captura sa bouche dans un baiser passionné.

Elle s'ouvrit à lui, se délectant de son goût viril. Elle avait l'impression de se liquéfier en sentant sa barbe sur ses lèvres, ses joues, son menton, et par-dessus tout, en s'abandonnant au plaisir entêtant de savoir qu'il lui appartenait. Elle avait envie de jouer, de toucher et de prendre.

Il se recula et referma une dernière fois les dents sur sa lèvre inférieure en interrompant le baiser. Elle gémit pour protester, mais il la fit taire avec de simples mots.

— Fais-moi confiance.

Puisque c'était le cas, elle ferma les yeux et laissa sa tête tomber en arrière, se laissant aller aux sensations, à la conviction merveilleuse et formidable que l'univers s'était remis à l'endroit et qu'ils étaient à nouveau réellement ensemble.

Il l'embrassa dans le cou avec une lenteur insoutenable qui la torturait, puis il continua vers son épaule, vers ses seins. Elle s'attendait à ce qu'il descende plus bas, mais il fit une pause à ce niveau, laissant sa langue prendre le relais de ses mains. Il suçota et joua avec son téton, envoyant des ondes de plaisir à travers son corps comme des éclairs en pleine tempête.

Pendant que sa bouche opérait sa magie, ses doigts explorèrent plus au sud, glissant sur son ventre, laissant une onde de chaleur dans son sillage ainsi que des picotements sur sa peau, alors qu'elle s'éveillait sous son contact.

Tandis que sa langue et ses dents jouaient avec son téton, ses doigts attaquèrent son jean, le déboutonnant avec expertise. Il baissa la fermeture éclair et glissa sa main à l'intérieur de son jean ajusté, si serré qu'une fois qu'il eut posé la main sur son sexe, il ne pouvait plus bouger un doigt. Ce qui ne l'empêcha pas d'exécuter les gestes experts qu'elle aimait tant.

Le bout de ses doigts excitait son clitoris pendant que sa bouche dévorait son sein. Son autre main remonta pour enserrer sa taille, l'aidant à garder l'équilibre alors que le feu de la passion enivrante tourbillonnait en elle, comme si un chemin de désir reliait son téton et son clitoris.

Elle touchait au but, mais il avait beau vouloir la faire basculer, elle s'y refusait. Pas encore.

Elle avait autre chose en tête.

— Attends, dit-elle, la voix rauque de plaisir et la tête légère. Je veux que tu me prennes. Tout de suite. Vite et fort. S'il te plaît, Spencer, aide-moi à quitter ce foutu jean.

— Tes désirs sont des ordres, dit-il avant de bouger à la vitesse de l'éclair pour la débarrasser de son jean.

C'était le mois de mai et elle portait des sandales qu'elle

envoya valser d'un coup de pied tout en s'occupant du bouton et de la fermeture éclair de Spencer.

Il se déplaça pour l'aider et entreprit de baisser son propre pantalon, mais elle lui retint les mains.

— Non, reste habillé. Seulement moi. Je veux être nue pour toi.

Il leva un sourcil.

— J'aime les femmes qui prennent le contrôle.

Elle se mit à rire.

— Tant mieux.

Puis elle l'embrassa passionnément avant de s'appuyer contre le guéridon où elle posait le courrier.

Il avait compris ce qu'elle attendait, parce qu'il lui lança un sourire malicieux et la prit par la taille pour la soulever.

Ensuite, une fois qu'elle fut assise, il posa les mains sur ses cuisses, lui ouvrit les jambes et tomba à genoux devant elle.

Honnêtement, ce n'était pas ce qu'elle avait en tête. Elle voulait que ce soit violent. Elle voulait qu'il la remplisse, qu'il lui donne des coups de reins. Qu'il fasse trembler la table et cliqueter les cadres sur le mur.

Toutefois, quand sa barbe frôla l'intérieur de ses cuisses et qu'il passa la langue sur sa vulve, elle dut admettre que son plan aussi avait du mérite.

Sous sa langue habile, elle se cambra en agrippant les rebords de la table. Son souffle devint saccadé alors que la pression familière montait en elle, l'avertissant avant l'explosion.

— Non, murmura-t-elle.

Elle le voulait, mais ce n'était pas suffisant.

— Spencer, viens. Je te veux en moi.

Elle plongea la main dans ses cheveux pour le tirer vers le haut.

En voyant la chaleur brute dans ses yeux, elle sut qu'elle le tenait. Lorsqu'il libéra son sexe de son jean défait et remonta vers elle, Brooke se positionna au bord de la table et ouvrit les jambes davantage comme pour l'inviter. Elle avait besoin de lui. Besoin qu'ensemble, ils forment à nouveau un *nous*.

— Je n'ai pas de préservatif, dit-il d'une voix rauque.

— Pas grave. Je prends la pilule. S'il te plaît, ajouta-t-elle. Ne t'arrête pas.

— Jamais, promit-il.

À son grand soulagement, il la prit rapidement, les mains sur ses fesses pour la maintenir pendant qu'il entrait en elle, lentement au début, puis avec des va-et-vient profonds et puissants qui la remplirent. Sans relâche, ils ondulèrent ensemble, leurs corps unis comme s'ils ne faisaient qu'un. Les bras autour de son cou, elle recevait ses assauts avec ardeur.

Elle sentit le corps de Spencer se tendre. Il était proche du but, et elle en eut la confirmation quand sa voix éraillée, à son oreille, lui demanda de jouir avec lui. De chavirer. De jouir avec lui, maintenant, sans attendre.

Alors qu'il explosait, elle sentit son propre corps lâcher prise et elle éclata en mille morceaux, maintenue par les bras fermes de Spencer.

Après quoi, alanguie comme une poupée de chiffon, elle referma ses jambes autour de sa taille et ses bras autour de son cou pour se laisser transporter dans son lit. Une fois dedans, elle se pelotonna, le dos contre le torse de

Spencer, ses fesses parfaitement calées contre son bas-ventre. Il avait passé un bras autour d'elle. Apaisée par le rythme régulier de sa respiration, elle se sentait au chaud et en sécurité... Et malgré le plaisir persistant, elle se sentait inquiète aussi.

— Spencer ?

— Hmm.

— Tu sais, le problème avec mon père... Il ne peut rien faire contre Richie puisque le gouverneur ne peut pas revenir sur sa grâce une fois qu'elle a été accordée. Par contre, s'il décide de tout balancer sur ton casier mainte-nant qu'on se revoit, est-ce que ça te fera du mal ?

Elle sentit qu'il se raidissait et elle regretta de ne pas avoir attendu le lendemain. Mais il se releva sur un coude et la retourna vers lui.

— Je sais ce que je suis, et garder le secret n'y change-rait rien. Non, je ne pense pas que ce soit gênant. Pas pour l'émission, si c'est ce que tu veux dire. Au contraire, ça alimentera les réseaux sociaux.

Elle acquiesça, acceptant cette réponse, satisfaite que les machinations de son père ne l'éjectent pas de l'émission ni n'entravent son projet pour *Restauration du Manoir*, dont il lui avait parlé au cours d'un après-midi au *Fix*.

— Je voudrais rendre vie à notre endroit à nous, lui avait-il dit.

Elle lui avait répondu que personne d'autre que lui n'était mieux placé pour le faire.

Maintenant, alors qu'elle était étendue au creux de ses bras, elle ne pouvait s'empêcher de se demander ce qui n'al-lait pas dans le ton de sa voix. *Je sais ce que je suis.*

Elle repassa les mots en boucle dans sa tête, puis elle

ferma les yeux en comprenant enfin sa douleur et sa frustration.

— Tu le sais, n'est-ce pas ? murmura-t-elle.

— Quoi donc ?

— Ce que tu es. Tu es talentueux, gentil, intelligent et vraiment sexy, et je...

— Brooke.

Son prénom était tranchant dans sa bouche, prononcé comme un ordre.

Elle roula pour lui faire face.

— Ça va, dit-il. Je sais d'où je viens et c'est loin du monde de ton père.

— Spencer, commença-t-elle avant de faire une pause.

Elle savait très bien qu'il avait grandi avec une conscience douloureuse de son milieu. Un enfant boursier dans une école de riches. Le frère du gamin coupable de meurtre. L'enfant d'un père qui devait gratter les fonds de tiroirs pour conserver un toit au-dessus de leurs têtes.

Elle savait aussi que la différence de leur milieu social l'avait dérangé. Cependant, ça ne l'avait jamais dérangée, elle. Il devrait le savoir. Ils en avaient parlé longuement avant leur mariage avorté, mais peut-être avait-il cru que c'était pour cette raison qu'elle était partie.

Si c'était le cas, il devrait le savoir maintenant.

Sans compter qu'il avait accompli beaucoup de choses, alors peu importe le problème de son passé, c'était exactement ce que c'était. *Le passé.*

Or ce n'était pas ce qu'elle entendait dans sa voix maintenant. Spencer savait mieux que quiconque ce qu'il avait fait pour en arriver là.

Il s'agissait uniquement de ce que son père voyait, et le

juge Hamlin n'était pas enclin à regarder au-delà des faits les plus stricts alors que sa petite fille était concernée. Alors oui, Spencer avait tous les droits d'être irrité.

— Quoi ? insista-t-il en la voyant perdue dans ses pensées.

— Rien.

Elle fit courir ses doigts le long de sa barbe rugueuse.

— Je t'aime, c'est tout.

Elle s'immobilisa en prenant conscience de ce qu'elle venait de dire.

— Oh... Spencer, je...

— Tu ne le pensais pas ?

Elle perçut l'humour forcé dans sa voix.

— Non, répondit-elle avec conviction en espérant qu'il ne lui tapoterait pas la tête en lui disant que ses sentiments étaient adorables, mais non réciproques. Je le pensais. Je le pense. Seulement, je n'avais pas l'intention de le dire.

Elle s'humecta les lèvres.

— Ce n'est pas grave si tu ne ressens pas la même chose. Je n'ai jamais vraiment cessé de t'aimer. Je devais réapprendre à te connaître. Toi... dit-elle en déglutissant, la voix brisée par un sanglot. Tu m'as détestée pendant un moment. C'est beaucoup à surmonter.

— En effet, dit-il tendrement.

Puis il l'embrassa avec une telle douceur et un tel amour qu'elle se sentit la femme la plus puissante et la plus belle au monde.

— Je t'aime aussi.

Elle ferma les yeux en soupirant.

— Merci mon Dieu, dit-elle. Ça m'aurait ennuyée d'être toute seule dans cette histoire.

Ils rirent tous les deux et il roula en l'attirant sur lui. Elle le chevaucha, puis se pencha pour l'embrasser.

— Est-ce que je peux te poser une question ?

— Ce que tu veux.

— Pourquoi fais-tu cette émission ?

— Pour toi.

Elle rougit de plaisir.

— Menteur.

Il ricana en la faisant glisser le long de son corps pour qu'ils se retrouvent peau contre peau, la tête de Brooke sous son menton.

— Pas au début, je dois l'admettre. Maintenant, même si je devais abandonner le Manoir Drysdale, je resterais sur l'émission.

— Alors, tout est prêt ? Tu auras le titre de propriété de la maison une fois que *Restauration du Manoir* sera sur les ondes ?

— Je suis un négociateur brillant, n'est-ce pas ?

— Je suis impressionnée, admit-elle avant d'inspirer tout en réfléchissant.

— Quoi ?

— Euh, je... Zut ! Est-ce que tu as parlé à un avocat avant de signer les papiers ?

— Un avocat ? Gregory a regardé le contrat pour la série. C'est mon agent. C'est Amanda qui s'occupe de la transaction immobilière. Pourquoi devrais-je... ?

— Parce que ce serait dommage que le fisc obtienne le manoir, lâcha-t-elle en se retournant pour s'asseoir.

Il fronça les sourcils.

— En effet, concéda-t-il. Est-ce que tu sais quelque chose que j'ignore ?

— Je pensais... Enfin, papa a suggéré. Oh, il devait encore raconter n'importe quoi.

— Qu'a-t-il dit ?

Elle fit un geste de la main, ennuyée que son père puisse la pousser à enquêter sur la solvabilité de Spencer.

— Je ne me rappelle pas exactement. Des problèmes avec les impôts et des allégations de blanchiment d'argent. Toutes sortes de folies.

— Tout est vrai, répondit Spencer d'une voix aussi sévère que ses traits. Seulement, ce n'est pas moi.

— Oh. Je ne te suis pas.

Elle croisa les jambes et remonta la couverture. À son tour, il se redressa, adossé contre la tête de lit.

— Est-ce que tu vois toujours Brian ?

La question inattendue la frappa avec la force d'une avalanche. Sa poitrine se serra et sa gorge se contracta. Elle froissa la couverture entre ses poings et se força à respirer normalement.

— Non, nous... Hmm... nous ne nous parlons plus vraiment.

C'était la vérité. En partie, du moins. Heureusement, sa voix paraissait normale.

— C'est une chance. Cet enfoiré m'a entubé.

Moi aussi. La pensée lui vint spontanément, mais elle ne l'énonça pas.

— Que s'est-il passé ? demanda-t-elle.

— J'ai embauché Brian en tant que conseiller financier et il m'a entubé dans les grandes largeurs. J'ai vécu l'enfer pendant un moment, mais tout est rentré dans l'ordre maintenant. Par contre, mon compte bancaire est plutôt vide.

— Oh, mon Dieu.

— Qui aurait pu croire que notre Brian pourrait être un tel salopard ?

Elle s'humecta les lèvres sans répondre. Ça oui, elle pouvait le croire. Sans la moindre hésitation.

— Est-ce que tu es allé voir la police ?

Il acquiesça.

— Oui... Mais je vais être honnête. Il s'en est fallu de peu. Brian a de la chance de ne pas avoir tous les os du visage brisés.

Elle déglutit, persuadée que ce n'était pas une figure de style.

— Pourquoi tu ne lui as pas cassé la figure ?

Il haussa une épaule avec un ricanement moqueur et guttural.

— Parce que c'était aussi ma faute. Je lui ai fait confiance. Je lui ai donné trop de contrôle. Je n'ai pas fait attention. Je lui ai envoyé les flics sur le dos, mais comme j'étais coupable de négligence, j'ai eu la bonté de laisser son visage intact. Cela dit, je sauterai sur la première occasion pour mettre ce mec à terre.

Sa poitrine se serra. Elle savait très bien que s'il connaissait la vérité, *elle* serait cette excuse qu'il attendait.

— À mon tour, mon ange, dit-il d'une voix brodée de gentillesse. Que t'est-il arrivé ?

Son corps devint de glace.

— Qu'est-ce que tu veux dire ?

— Tu peux me répondre que ça ne me regarde pas, mais si nous continuons de coucher ensemble, je pense que c'est le cas. J'ai raison ?

Elle examina ses ongles.

— Ça va, dit-il en posant une main sur son épaule. Je ne te mets pas la pression, mais si quelqu'un t'a fait du mal...

— J'ai été droguée.

Elle leva la tête et découvrit de la rage pure dans ses yeux, suintant de sa peau, si dense qu'elle semblait émaner de lui par vagues.

Il retira sa main, puis serra fort le poing avant de se détendre. Elle vit les marques dans ses paumes.

— Qui ?

Ce n'était qu'un mot, mais ce mot contenait toute sa douleur et la promesse d'un châtiment douloureux.

Elle pensa à Brian. À ce que Spencer venait de lui dire.

— Je... Je ne sais pas.

Il leva les sourcils.

— C'était à une fête, mentit-elle. Il y avait un mec qui me draguait. Il m'a offert un verre et...

Elle pinça les lèvres, mais garda les yeux ouverts pour réprimer ses larmes. De stupides larmes après tout ce temps.

— Est-ce qu'il t'a attachée ? J'ai vu la manière dont tu as regardé le lit, ajouta-t-il rapidement. À l'hôtel.

Elle secoua la tête.

— Non, du moins, je ne pense pas. Il ne m'a pas fait mal.

— Sans blague.

Elle rit jaune.

— Enfin, tu vois ce que je veux dire. Je n'avais pas d'entailles ni d'hématomes. Je n'ai rien attrapé non plus.

— Il t'a violée.

— Oui.

Il l'avait privée de son contrôle, violé sa confiance, détruit leur amitié.

Pendant un moment, Spencer respira posément et elle vit la douleur dans ses yeux, accompagnée de larmes contenues. Elle faillit perdre à nouveau ses moyens.

— Je vais bien, maintenant, dit-elle en prenant sa main pour lui rendre le réconfort que sa colère et sa souffrance lui avaient ôté. Vraiment.

— Non, répondit-il avec douceur en prenant son menton, l'inclinant pour qu'elle le regarde. Tu ne vas pas bien, mais j'aimerais t'aider. Y a-t-il quelque chose que je puisse faire pour que tu te sentes mieux ?

— Tu le fais déjà, dit-elle avec honnêteté, la poitrine gonflée de tendresse. Mais tu pourrais toujours m'embrasser.

Elle vit des regrets vaciller dans ses yeux.

— Je ne suis pas certain que ce soit le genre de chose qu'un baiser puisse améliorer, mais mon ange, ajouta-t-il en la serrant, j'ai envie d'essayer.

SEIZE

— Cette scène est un travail de génie, dit Reece en brandissant sa bière pour porter un toast.

— J'approuve ! ajouta Brent en entrechoquant son verre avec celui de Tyree, qui entamait sa deuxième bière.

— On a le droit de faire ça ? demanda Cameron. Je veux dire qu'il est plus de deux heures.

Il jeta un œil vers Tyree en ajoutant :

— Un jour, tu m'as dit que tu me virerais si je vendais une goutte d'alcool après la fermeture.

Dès qu'il eut terminé de parler, il grimaça et pencha la tête en direction de Casper, le cameraman, comme si Cameron venait de commettre un impair.

Casper paraissait tout à fait désintéressé. Ce n'était pas son vrai prénom, bien sûr. Lors du deuxième jour d'enregistrement, Mina avait décrété que, puisqu'ils ne pouvaient pas connaître les cameramen par leurs noms, et comme ils devaient rester invisibles, elle les surnommerait en fonction. Ainsi, le plus petit était Casper et le plus grand Nick.

— Nick ? avait demandé Cam.

Mina avait levé les yeux au ciel.

— Comme dans Nick Quasi-sans-tête. Un fantôme, tu vois ? Invisible. Qui s'évapore.

Cam regardait toujours la bière d'un œil suspicieux. Tyree n'avait pas autant de scrupules. Au contraire, un grand sourire enjoué se forma sur son visage.

— Et voilà pourquoi ce grand gaillard va décrocher le poste d'assistant-manager le week-end, dit Tyree en s'adressant à Spencer et Brooke.

Puis il fit un geste de la main, indiquant la collection de bières et d'alcools forts qui couvrait son bureau.

— Ceci, mon jeune ami respectueux des lois, est mon stock privé. Pas de vente, pas de problème. Par contre, ne conduis pas pour rentrer chez toi.

Cameron rit, de toute évidence soulagé.

— Bon, d'accord.

Mina, qui était assise sur le bureau, tendit le pied pour bousculer la chaise de Cameron.

— Tu es bien trop respectueux des lois.

— Je suis seulement prudent, protesta Cameron avant de baisser les yeux.

Ce n'était pas la première fois que Brooke se demandait s'il aurait un jour le courage de dire à Mina ce qu'il ressentait. S'il buvait quelques bières de plus, peut-être...

Cette fête impromptue avait lieu le dimanche, après les heures d'ouverture, pour célébrer la nouvelle scène.

— J'accepte parfaitement le compliment, dit Spencer. En toute humilité, puisque ce n'est pas mon esprit brillant qui l'a dessinée. C'est l'adorable Brooke Hamlin.

— Merci, merci, dit-elle en faisant la révérence quand

ils applaudirent tous. J'ai du mal à croire que le concours soit seulement dans quelques jours.

Tyree hocha la tête.

— C'est fou tout ce que vous avez pu réaliser tous les deux.

— Pas seulement nous, dit Brooke. Vous et votre équipe nous avez beaucoup aidés.

Dans l'intérêt de l'émission, ils avaient décidé de renoncer à embaucher quand ils avaient eu besoin de paires de mains en renfort. À la place, chaque fois que Brooke ou Spencer avait besoin d'un coup de main, une personne de l'équipe, un des serveurs ou un aide-cuisinier leur prêtait main-forte. Jusqu'à maintenant, ils n'avaient pas eu besoin d'intégrer des entrepreneurs extérieurs, comme des plombiers ou des électriciens.

— C'est vrai, convint Brent. Vous faites quand même une super équipe.

— Oui, dit Spencer, enserrant Brooke et l'attirant à lui pour un baiser rapide. Je suis bien d'accord.

— Je pense que tu obtiendras une bonne note mercredi, dit Jenna à Spencer.

Elle buvait un club soda avec du citron vert et elle prit une grande gorgée avant de poursuivre.

— J'ai vu plus d'une de nos clientes régulières à l'heure du déjeuner qui te regardait travailler ces derniers jours.

— Je ne peux pas le leur reprocher. Il est sexy en t-shirt, commenta Brooke.

Ils avaient décidé de continuer à travailler pendant l'heure du déjeuner pour rendre l'émission plus intéressante avec quelques clients.

— Surtout avec les manches retroussées qui montrent ses tatouages.

— Ils sont excellents, soit dit en passant, observa Reece en levant son verre pour un autre toast.

Prenant en considération la beauté et la complexité de ses propres tatouages, Brooke se dit que c'était un beau compliment.

— Je te renvoie le compliment, dit Spencer.

— Je crois que tu auras des points supplémentaires avec les tatouages, ajouta Mina.

— Attends, fit Brent en fronçant les sourcils. Mercredi ? Points ?

— C'est ça, dit Jenna. Tu as raté cette conversation. Spencer est un concurrent pour Mister Février.

Brent éclata de rire.

— Oh, merde. Je préfère que ce soit toi que moi.

— Pitié. Tu sais que tu vas finir sur cette scène un de ces jours, contre-attaqua Jenna.

— Exactement, approuva Reece.

Brent pointa un doigt dans leur direction et secoua la tête avant de se tourner vers Spencer.

— Bonne chance.

— Oui, dit-il. Je vais tout déchirer.

Il banda ses muscles et ils éclatèrent tous de rire.

— J'ai parié sur toi, dit Brooke.

— Et moi sur Cam, ajouta Mina. Allez, Cameron. Tu sais que tu en as envie.

— N'importe quoi.

— Tu devrais, insista-t-elle.

— Il nous manque un mec.

Tyree fronça les sourcils.

— Vraiment ?

Jenna hocha la tête.

— Nous n'avons pas de règle stricte qui exige d'avoir douze concurrents pour chacun des mois, alors je ne pourrais pas dire qu'il nous en *manque*. Nous avions réussi à en avoir douze, mais un des gars a dû abandonner. Il a été appelé hors de la ville pour affaires.

— Tu vois ? insista Mina.

— Est-ce qu'il pourrait le faire ? s'enquit Brent. Je pensais que nous avions des célébrités locales pour réduire les candidatures afin d'arriver aux douze derniers.

Jenna leva une épaule.

— Je pourrais leur apporter sa candidature lundi. Je pense qu'ils accepteront.

— Euh, allô. Je suis là.

Mina commença à dire quelque chose, mais Brent tendit un doigt pour la faire taire.

— Si Cam veut y participer, il pourra le dire à Jenna plus tard.

— D'accord.

Mina leva les mains en signe de capitulation.

— J'ai bu un peu trop de ces trucs-là, dit Brooke. Je vais aux toilettes. Je reviens dans une seconde.

Elle pensait toujours à l'expression de Cam quand elle quitta les toilettes quelques minutes plus tard. Il participerait peut-être. Elle l'espérait. Il était assez beau garçon. Il avait un petit quelque chose qui lui donnait un air plus jeune que son âge réel. Cela lui donnerait confiance et...

— Oh !

Elle sursauta avant de comprendre que le corps ferme qu'elle venait de percuter dans le noir était Spencer.

— Je te cherchais, lui dit-il, de la chaleur dans la voix.

— Vraiment ? Comme c'est intéressant.

— Hmm.

Il la pressa contre le mur, l'enfermant entre ses bras.

— Il n'y a pas si longtemps, je te tenais comme ça avec des motivations bien différentes.

— Comme les choses changent.

Elle accrocha ses bras autour de sa taille, puis se hissa sur la pointe des pieds pour l'embrasser.

— Tu es venu me chercher ici pour un rendez-vous galant ?

— En fait, j'ai des nouvelles. Le rendez-vous galant n'est qu'un bonus.

— Des nouvelles ? Spencer ? Qu'est-ce qui se passe ?

Elle avait entendu l'excitation dans sa voix.

— J'ai reçu un email de l'avocate de Richie.

Le cœur de Brooke se mit à battre deux fois plus vite.

— Si tard ? Ça ne peut pas être bon signe.

— En fait, si. Elle travaillait tard sur son dossier et elle s'est dit qu'elle ne m'avait pas donné les dernières nouvelles.

— Son dossier ? Je pensais qu'il ne pouvait plus faire appel.

— Il est admissible pour la libération conditionnelle.

La voix de Spencer était pleine d'espoir.

— Quoi ? C'est incroyable.

— Je sais. Il a déjà eu son entretien.

— Quand saura-t-il si elle lui est accordée ?

— Nous n'en sommes pas sûrs, répondit Spencer en passant sa main dans ses cheveux. Quinze ans, Brooke.

C'est une éternité, mais s'il peut sortir maintenant, il pourra encore avoir une vie.

— C'est une merveilleuse nouvelle, dit-elle en lui serrant la main. S'il ne peut pas l'avoir cette fois-ci, il est dans le circuit, non ? Alors, il aura une autre chance. Ils ne l'accordent pas toujours la première fois.

— Je sais. Je dois appeler son avocate. Je le ferai demain matin. Pour avoir toutes les informations possibles.

— En attendant, nous enverrons toutes nos pensées positives à Richie.

— Oh, que oui.

Il la regarda dans les yeux. Les siens étaient remplis d'amour, d'espoir et de vulnérabilité.

— Je veux bien prendre un baiser aussi, pour la chance.

— Tu n'as pas à le prendre, commença-t-elle. Je te le donne...

Elle n'eut pas le temps de finir sa phrase. Sa bouche se ferma sur la sienne, douce au départ, mais ensuite plus ferme et plus exigeante, comme si à travers elle, il pouvait imposer sa volonté au comité pour la conditionnelle. Ses doigts s'enfouirent dans les cheveux de Brooke. Il lui pencha la tête en arrière et son autre main passa autour de sa taille, l'attirant vers lui pour qu'elle puisse sentir son érection tendue dans son jean.

Ses jambes étaient molles, son corps la picotait et elle s'accrochait à lui, le désirant tout autant qu'il la désirait.

Un sifflement admiratif la ramena sur terre et elle fit un bond en arrière, se heurtant le coude contre le mur.

Reece gloussa.

— Vous devriez penser à prendre une chambre. Avant que Casper décide d'allumer sa caméra.

Spencer croisa son regard et sourit.

— Vous faites de l'exhibitionnisme.

— Vraiment pas.

Il adressa un bref salut à Reece, qui riait à gorge déployée.

— Je crois que c'est notre signal de départ. On se parle demain matin. Je continue cette fête à la maison.

DIX-SEPT

Spencer conduisait la voiture de Brooke. Il avait l'impression que c'était le plus long trajet en voiture qu'il ait jamais fait. Il avait effectué toute la route avec la main sur sa cuisse nue – il remerciait Dieu et l'univers tout entier qu'elle porte une simple jupe en coton ce soir-là et pas l'un de ses jeans habituels quand ils étaient dans le bois de construction et la peinture jusqu'aux genoux.

Il tenta une fois pendant le trajet de remonter sa main sur sa cuisse ferme. Il voulait y aller lentement, centimètre après centimètre, jusqu'à atteindre l'élastique de sa culotte. Ensuite, il avait la ferme intention de glisser ses doigts sous le satin doux et de caresser son sexe épilé jusqu'à ce qu'elle presse ses mains contre le toit de la voiture et qu'elle cambre son corps et crie son nom en s'abandonnant à un orgasme puissant.

D'après lui, c'était un fantasme de premier ordre. Cela resta un fantasme, néanmoins, car à la première tentative de ses doigts vers le paradis, Brooke lui donna un coup qui interrompit net ses progrès.

— Si tu crois que je vais risquer la mort sur ces routes pour te laisser faire des attouchements, tu te trompes royalement.

Ce n'était pas très romantique, mais il comprit ce qu'elle voulait dire. Il se contenta de caresser sa cuisse en lui disant qu'il avait l'intention de la prendre, avec des détails très précis, lorsqu'ils arriveraient à la maison et qu'elle demanderait grâce.

À sa grande satisfaction, elle ferma les yeux et se soumit à son contact bien fade en comparaison. Quant à l'effet de ses paroles... À la manière dont elle mordillait sa lèvre inférieure et la proéminence de ses tétons contre son chemisier en coton, il était certain d'avoir touché au but.

Il tourna enfin dans son allée et éteignit le moteur. *Enfin*, ils étaient arrivés.

Il lui jeta un regard en coin.

— Tu sais que tu es une femme cruelle.

Elle n'ouvrit pas les yeux, mais les commissures de ses lèvres se soulevèrent pour former un sourire.

— Peut-être n'était-ce pas vraiment pour la sécurité routière. J'aime peut-être seulement te tourmenter.

— Oh, non. Nous savons tous les deux qui tourmentait qui.

Elle tourna la tête et le scruta, les yeux plissés.

— Vraiment ?

— Tu mouilles, mon ange. N'essaie même pas de le nier.

— Tu crois ?

— J'en suis certain.

Ses yeux pétillèrent d'amusement.

— Je crois qu'il y a un seul moyen de savoir si tu as raison.

Elle retira la main de Spencer de sa cuisse et glissa son index dans sa bouche pour le lécher.

— Pourquoi tu n'irais pas vérifier ?

Sa verge frémit en réponse à son intonation taquine autant qu'à l'invitation sensuelle qu'il accepta volontiers. Lentement, il fit dans l'allée ce qu'il avait pensé faire depuis leur départ du bar. Il remonta la main près de la ligne de sa culotte, puis glissa un doigt sous le tissu.

Il l'entendit haleter quand il la caressa, son sexe moelleux et si humide de désir qu'il se sentit durcir davantage en constatant à quel point elle avait envie de lui.

— Rentrons, dit-il d'une voix vibrante qui exprimait toute la force de son désir.

Il commença à ouvrir sa portière.

— Maintenant.

— Attends.

Elle posa la main sur sa cuisse pour lui intimer de ne pas bouger.

— Reste.

Il pencha la tête en la dévisageant.

— Que je reste ?

Elle acquiesça et il leva les sourcils.

— Qu'est-ce que tu veux exactement ?

— Tu le sais très bien.

— Tu veux que je te touche ?

— Oui, fit-elle dans un souffle.

— Tu veux que je te fasse jouir ?

— Oh, oui.

Il jeta un regard circulaire.

— J'aurais pu jurer que tu m'avais dit que tu ne faisais pas d'exhibitionnisme.

Elle lui prit la main et la remit dans sa culotte en gémissant.

— Je suis peut-être désespérée. L'idée m'a peut-être tentée sur la route.

— Intéressant.

— En plus, il fait noir. Il n'y a pas de réverbères et il n'y a presque pas de lumière sous mon porche. Il est plus de deux heures du matin.

— Mon ange a un petit côté diablesse.

— Et si c'était le cas ?

Actionnant un levier, elle fit descendre son siège, se retrouvant presque à plat sur le dos à côté de lui.

— Qu'est-ce que tu ferais ? ajouta-t-elle.

Il accrocha un doigt sous le rebord de sa jupe.

— Oh, je trouverais bien quelque chose.

Il remonta sa jupe, puis avec la même dextérité, il tira sur son soutien-gorge, libérant ses seins de leurs bonnets.

— Avant tout, je veux te regarder, dit-il en passant de nouveau sa main dans sa culotte. La lumière tamisée du porche qui danse sur ta peau. Tes frissons pendant que je te caresse. Tes tétons qui durcissent quand je les effleure du bout de la langue.

Il s'exécuta pour en faire la démonstration.

Comme il l'avait prévu, sa respiration devint saccadée et tout son corps se mit à trembler – des spasmes qui ne firent que s'accroître quand il joua avec son clitoris en décrivant de petits cercles –, mais il n'avait pas terminé.

— Je veux regarder, répéta-t-il. Je veux que tu me supplies.

— S'il te plaît.

Sa voix était un gémissement.

— Spencer, s'il te plaît.

— Qu'est-ce que tu veux ?

— Toi. Ça. Fais-moi jouir. S'il te plaît, fais-moi jouir pour toi.

Elle tourna la tête et ouvrit les yeux.

Ses mots se dirigèrent tout droit vers sa verge, la rendant aussi dure que l'acier.

— Jouis pour moi, mon ange, murmura-t-il tout en attisant son sexe moite. Je veux te sentir exploser. Je veux que tu te désagrèges, que tu fondes. Et je veux savoir que c'est moi qui te procure ce plaisir.

Alors, comme si son ordre était la dernière pièce du puzzle, elle se cambra et cria son nom en serrant sa main comme pour lui broyer les os. Ensuite, quand ses tremblements cessèrent et que sa respiration redevint régulière, elle se tourna vers lui, ses traits adoucis et un sourire satisfait aux lèvres.

— À ton tour, murmura-t-elle.

En cet instant, il ressentit une vague de tendresse aussi puissante que son désir.

— Tu as bien raison, mais je pense que je vais continuer à l'intérieur. Je ne suis pas certain que cette petite voiture puisse supporter les secousses que j'ai envie de te faire subir.

Elle rit.

— Dans ce cas, dépêchons-nous.

Il ne protesta pas et ils se retrouvèrent à l'intérieur en moins d'une minute. Il y avait un portemanteau près du guéridon, dans le couloir. Elle le regarda, puis se tourna vers Spencer.

— Quoi ? demanda-t-il alors qu'elle prenait un foulard en soie noire.

— Tu avais des foulards attachés aux quatre coins du lit quand tu m'as emmenée à l'hôtel.

Elle pinça les lèvres avant de poursuivre :

— Est-ce que... C'est quelque chose que tu aimes ?

Oh que oui.

Il pencha la tête.

— Est-ce quelque chose que tu veux, toi ?

— Avec toi ? Oui.

Il ricana.

— Sois certaine que je ne laisserai personne d'autre t'attacher, mais je le ferai seulement si tu en as envie.

Elle hocha la tête, quoiqu'un peu hésitante.

— Je te fais confiance, Spencer, dit-elle, les yeux rivés aux siens. J'en suis certaine.

Le bondage n'avait rien de terrifiant, pensait Brooke. C'était sensuel, excitant et délicieusement grisant.

Bien sûr, la clé de cette estimation, c'était Spencer. Parce que si n'importe qui d'autre avait fouillé dans son tiroir du haut pour plus de foulards et lui avait dit ensuite qu'il allait l'attacher et faire ce qu'il voulait d'elle, elle se serait évanouie, ou bien elle se serait enfuie plus vite que le vent.

Avec Spencer, elle tremblait. C'était un bon sentiment. De l'impatience plus que de l'appréhension.

Lorsqu'il lui demanda de se déshabiller pour lui, elle le fit lentement, consciente qu'il ne perdait pas une seconde du spectacle et que chaque petite partie de peau exposée le rendait un peu fou.

Une fois qu'elle fut nue, il lui demanda d'aller sur le lit, où les quatre foulards étaient attachés à la tête et aux pieds du cadre en fer forgé. Elle hésita un instant, mais il embrassa son épaule nue et murmura :

— Citrouille.

Le mot était si absurde qu'elle éclata de rire, mais il lui fit comprendre que c'était sérieux. C'était le mot qu'elle devait utiliser si elle avait peur. Dès qu'elle le prononcerait, il la détacherait dans la seconde.

Elle le crut, et cet élan de confiance absolue fit disparaître les germes de la peur. Elle monta sur le lit et se laissa attacher les poignets et les chevilles.

Une fois immobilisée, elle ferma les yeux en se demandant comment elle se sentait. Elle fut surprise de constater que l'émotion dominante était l'impatience. Elle ne savait pas ce qui viendrait ensuite, pas exactement du moins, mais elle savait pertinemment qu'elle était attachée au lit. Son cœur battait à tout rompre d'une excitation animale et son corps bouillonnait de désir. Ses seins lui paraissaient lourds, comme s'ils réclamaient d'être touchés. Ses jambes étaient écartées, la laissant exposée, et la pensée que Spencer la voie ouverte et prête pour lui ne l'intimidait pas. Au contraire, elle se sentait étrangement puissante.

Oui. C'était clairement exaltant.

Et merveilleux, aussi. Parce qu'après Brian, tous les films ou livres avec quelque forme de bondage que ce soit lui retournaient l'estomac. Honnêtement, elle savait que cela n'avait pas vraiment changé. Parce que ce n'était pas à l'idée d'être attachée qu'elle était ouverte. C'était l'idée d'être attachée par Spencer.

— Je vais te mettre un bandeau sur les yeux, dit-il, ajoutant du piment à la situation.

Pendant un instant, elle hésita, mais tout était question de confiance et elle hocha la tête quand il attacha un autre foulard, violet cette fois, sur ses yeux.

— Tu sais pourquoi le bondage est si puissant ? C'est plus qu'une question de soumission. C'est l'expérience du plaisir à son maximum.

— Je ne vois pas ce que tu veux dire.

— Tu verras.

Quelques minutes plus tard, elle prit conscience qu'il avait raison.

Il commença doucement, traçant des lignes sur sa peau du bout des doigts. Sa bouche déposait des baisers sur tout son corps. Ensuite, il augmenta la torture sensuelle, jouant avec ses zones érogènes, suçant ses tétons, mordillant le lobe de ses oreilles, léchant l'arrière de son genou. Bien sûr, il titilla son clitoris sans relâche.

Avec chaque caresse et chaque tourment, le plaisir montait. Bientôt, elle était sur le point de s'envoler sous l'effet d'un plaisir si intense qu'il flirtait avec la douleur. Son corps tremblait, fou de désir.

Elle s'évertuait à récupérer un semblant de contrôle.

Attachée, c'était impossible. Elle n'éprouvait pas seulement le plaisir, elle le subissait. Alors que ce plaisir grandissait, montait et grimpait en flèche, elle ne pouvait nier que c'était l'expérience la plus érotique de sa vie.

— S'il te plaît, supplia-t-elle quand elle ne put plus en supporter davantage.

Lorsqu'il jouait avec une partie de son corps avant de passer sans pitié à une autre, elle avait l'impression que chacune de ses cellules était en feu.

— S'il te plaît, Spencer, prends-moi.

— Tu en es certaine ?

— Oui, oh, s'il te plaît, oui !

Avec sa bouche et sa langue experte, il la conduisit jusqu'au bout. Ses mains lui tenaient les hanches alors qu'elle essayait de se tortiller sous l'implacable plaisir qui l'assaillait. Cela ne servait à rien et elle sentit un orgasme dévastateur monter en elle, gonfler de plus en plus jusqu'à ce qu'enfin, l'intensité des sensations la fasse basculer, l'envoyant dans un maelstrom impétueux et sauvage qui rivalisait avec les orages les plus puissants.

Quand enfin sa respiration redevint régulière, Spencer la détacha et la prit doucement dans ses bras alors qu'elle soupirait d'une satisfaction absolue.

— Merveilleux, dit-elle. Tu veux recommencer ?

Comme elle l'espérait, il éclata de rire.

— Oui, mais attendons une autre nuit, quand il ne sera pas plus de trois heures du matin. Pour le moment, je veux seulement te serrer dans mes bras.

Puisqu'elle était en parfait accord avec ce plan, elle ne protesta pas. Elle se sentait déjà somnolente et son esprit était embrumé.

— Pourquoi tu n'as pas fait la dernière saison de *Chez Spencer* ? demanda-t-elle en se pelotonnant contre lui. C'est à cause de Brian ?

— Principalement. Mon argent était toujours lié à lui.

Alors, j'aurais continué à travailler et il aurait continué de me voler. C'était une mauvaise affaire pour moi.

— On dirait bien.

Par ses caresses, il dessinait des formes paresseuses sur son bras et elle soupira de bonheur.

— En plus, reprit-il, l'effervescence s'était dissipée. Quand j'ai formé le projet, je voulais l'émission pour le travail.

— Je me souviens. Tu voulais montrer aux gens comment réparer leur propre maison et restaurer quelques propriétés par la même occasion. N'arrête pas, ajouta-t-elle quand il commença à retirer sa main.

Il ricana, mais obéit.

— C'était du grand n'importe quoi à la Hollywood. Ou du moins, j'en avais l'impression. C'est seulement...

Il ne termina pas sa phrase et haussa les épaules.

— Ce n'était plus amusant, voilà.

Elle se releva et se déroba à ses caresses, soudain inconfortable sous le poids d'une culpabilité nouvelle.

— Je suis désolée de te replonger dans tout ça. Je ne l'aurais pas fait si...

— Non, dit-il en posant un doigt sur ses lèvres. Je ne voulais pas, au départ, pour toutes sortes de raisons, mais elles n'ont plus lieu d'être et maintenant je profite des meilleurs moments de ma vie.

— Ah oui ?

— Absolument.

Elle se blottit tout contre lui.

— Je suis heureuse.

— En fait, je pensais que nous pourrions peut-être recommencer.

— Ça ? Tu veux dire l'émission ?

— J'en ai une autre sous le coude, tu te souviens ? Ce serait beaucoup plus amusant de rénover le manoir avec toi.

— *Oh.*

Pendant un instant, elle se demanda si elle était encore capable de respirer. Elle se dit qu'il ne lui proposait pas de l'épouser. Tout ce qu'il voulait, c'était travailler avec elle pour installer du placoplâtre, poser des tuiles, réparer de la plomberie et effectuer les huit millions de choses dont le Manoir Drysdale avait besoin. Cela ne changeait pas le fait que c'était *leur* endroit. Qu'ils le feraient ensemble.

— Brooke ? Si tu ne veux pas, ce n'est pas grave.

— Non, lâcha-t-elle. J'en ai envie, mais est-ce que tu en es sûr ? Nous serons à la télévision. Toute cette célébrité... Seulement cette fois, nous serons sous le microscope en tant que couple. Ça ne te rendra pas dingue ?

Il lui serra la main.

— Pourquoi ? demanda-t-il. Après tout, n'est-ce pas ce que nous sommes ?

DIX-HUIT

Spencer apprit deux choses durant le Happy Hour du lundi. Premièrement, que Brooke était sexy même quand elle portait des lunettes de lecture et qu'elle prenait des notes, de sa petite écriture en pattes de mouche. Deuxièmement, que Parker Manning était un porc.

Pour être honnête, Spencer ne connaissait même pas le nom de Parker quand il avait fait cette déclaration. En revanche, son radar s'était mis à sonner quand l'homme était entré dans le bar, avait remarqué Brooke à la table avec son ordinateur et son bloc-notes et s'était dirigé tout droit vers elle.

Sans surprise, bien sûr. Parker était un homme. Brooke avait une beauté éthérée, associée à des courbes agréables à regarder, qui attirait le regard des hommes.

Tout ça, c'était bien beau, sauf que Spencer n'appréciait pas qu'un autre homme que lui la remarque, et surtout, il n'appréciait pas que Brooke saute de sa chaise et se jette dans les bras de n'importe quel type qui oserait la regarder de *cette manière*.

— Qui est-ce ? demanda-t-il à Mina.

Ils dressaient une liste de tout ce qu'ils devaient terminer avant que le bar ouvre ses portes mercredi. Une tâche essentielle, sans aucun doute. Mais pour le moment, cela passait au second plan. Spencer avait besoin de savoir, de connaître l'identité du beau spécimen qui flirtait avec sa petite amie.

Mina se redressa sur sa chaise et elle tendit le cou.

— Oh, c'est Parker Manning.

Spencer décida que non seulement c'était un porc, mais qu'il avait un nom prétentieux, aussi.

— Qui est Parker Manning, merde, et pourquoi fait-il un câlin à ma copine ?

Pendant une seconde, Mina sembla sur le point de lui faire un discours quant au fait que Brooke était une adulte, qu'elle avait le droit d'avoir des amis, et tout ce qui s'ensuit. Elle dut voir le regard de Spencer, parce que tout ce qu'elle dit en réalité, ce fut :

— Tu sais, Parker *Manning*. Son père est Bertram Manning.

Spencer secoua la tête et Mina leva les yeux au ciel.

— Une vieille famille du Texas pleine aux as. Des ranchs. Du pétrole. Des technologies. La totale. Parker pourrait acheter et vendre toute la ville rien qu'avec les intérêts de ses fonds fiduciaires.

Décidément, il n'aimait vraiment pas ce mec.

— Pour le câlin, ajouta Mina, tu vas devoir demander à Brooke, mais si je devais émettre une supposition, je dirais qu'ils se connaissent.

— Bon, il est temps de faire sa connaissance. Tu pourrais terminer cette liste ?

— D'accord, dit-elle, les lèvres tremblantes d'un rire contenu.

— Quoi ?

— Tu es vraiment un homme, Spencer.

Il réfléchit et haussa les épaules.

— Merci, dit-il.

Ensuite, il rejoignit le bar avec la ferme intention d'étendre Parker Manning.

Il n'alla pas jusque-là. Il fut arrêté en chemin par une voix familière qui l'appelait par son prénom. Il se retourna pour découvrir Amy Rice derrière lui, les bras croisés sur sa poitrine avec un air méfiant.

— Amy ?

C'était l'une de ses assistantes de production à *Chez Spencer*, et en général, elle n'avait pas l'air aussi petite et fragile.

— Qu'est-ce qui se passe ?

— J'ai essayé de t'appeler, mais je n'y arrivais pas. Alors, je suis venue ici.

— M'appeler ?

Il sortit son téléphone, mais il n'y avait pas d'appel manqué.

— Non, j'ai dit que j'ai essayé, mais que je n'ai pas pu.

Il fronça les sourcils. Les mots étaient assez clairs, mais il n'en comprenait pas le sens.

— Est-ce que tu veux t'asseoir ? Tu veux y aller en douceur ?

Elle acquiesça et il essaya de ravaler ses inquiétudes. Elle était étudiante de première année quand elle avait commencé à travailler sur l'émission, suivant ses cours en fonction de l'emploi du temps effréné de la production. Elle était travailleuse et n'était jamais timide pour demander des projets, de l'aide ou même une augmentation de salaire. Alors, cette hésitation ne collait pas du tout au personnage.

— Ça va, Amy, dit-il. Peu importe ce que c'est, je vais essayer de t'aider.

Les mots eurent un effet magique et il vit ses épaules s'affaisser de soulagement.

— Merci, j'apprécie vraiment.

Il attendit pour ne pas la brusquer.

— Alors, le problème... C'est à propos de Brian Shoal.

Spencer se força à garder une expression neutre.

— Continue.

— Je sais que toi et lui... Enfin, qu'il t'a embobiné avec l'argent. Je sais que ce sont des commérages, mais...

— C'est vrai. Alors, que se passe-t-il ?

— C'est seulement, je veux dire, enfin, je pensais que tu savais peut-être quelque chose. Puisque tu ne dois pas beaucoup l'aimer, tu pourrais avoir envie de me le dire.

— Amy, tu vas devoir revenir en arrière et me donner un peu plus d'informations.

Elle prit une inspiration.

— Il m'a violée. Il m'a droguée à une fête et il m'a violée. Je vais porter plainte. Mes parents m'aident à le poursuivre au civil aussi, et mon avocat m'a dit que si je pouvais trouver une autre personne à qui il a fait le coup, ça aiderait beaucoup mon dossier. C'est pour ça que je suis ici. Est-ce que tu peux m'aider ?

Elle avait lâché le morceau si vite qu'il n'arrivait pas à assimiler ses paroles. Ce qui était probablement une bonne chose. Plus de détails que ce qu'il en avait compris et il aurait été trop livide pour penser correctement.

— Brian Shoal t'a droguée et violée ?

Il voulait au moins clarifier ce point important. Elle serra les lèvres et hocha la tête.

— Je ne mens pas. Tu pourrais...

— Je te crois.

Ses épaules s'affaissèrent avec un soulagement évident.

— Est-ce que tu peux m'aider ?

Il prit une grande inspiration, sa colère au coude à coude avec la pitié.

— Tout ce dont tu as besoin, tu l'auras.

— Alors, tu connais quelqu'un ?

Malheureusement, il en avait le sentiment.

DIX-NEUF

— Tu es sûr que rien ne te dérange ? demanda Brooke en fronçant les sourcils.

Spencer gardait les mains à dix heures dix sur le volant de la Mini Cooper.

— Tu ne peux pas vraiment être jaloux de Parker. Je te l'ai dit, c'est un vieil ami du lycée. On ne se voit qu'occasionnellement. Nous ne sommes jamais sortis ensemble.

Spencer avait toujours été jaloux, elle le savait. Par le passé, sa jalousie avait eu tendance à apparaître quand ils voyaient des amis de son ancien quartier. Comme avec tous les hommes qui avaient beaucoup plus d'argent et un meilleur pedigree. À l'époque, elle pouvait facilement le lui faire admettre et ils en riaient.

Aujourd'hui, ce n'était pas le cas, et cela l'inquiétait. D'autant plus que Parker était sans importance. Il l'avait aperçue, ils avaient discuté et il était parti. Fin de l'histoire.

Pourtant, une heure plus tard, Spencer était toujours hors de lui.

Soit il avait autre chose contre Parker, soit Parker n'était pas vraiment le problème.

Brooke aurait parié sur la seconde option. Le souci, c'était qu'elle n'avait aucune idée de ce qui se passait. Pour le moment, Spencer ne parlait pas. Au lieu de ça, il semblait bouillir.

Franchement, c'était assez.

— Bon, tu sais quoi ? Dépose-moi à la maison. Tu peux garder la voiture pour ce soir. Je ne suis pas d'humeur à te supporter comme ça.

— Je t'accompagne à l'intérieur, dit-il en se garant dans l'allée.

— Vraiment ? Est-ce que tu laisseras ton comportement à l'extérieur ? Si ce n'est pas le cas, je pense que je vais trouver la porte toute seule.

En réalité, elle avait envie de pleurer. Ce qui était stupide. C'était une dispute banale, Spencer était remonté parce qu'elle avait parlé à un homme superbe. Le lendemain, il n'y paraîtrait plus. Ce n'était pas comme s'ils se disputaient souvent, et dans l'ensemble, ce n'était rien.

Pourtant, au fond, ce n'était pas rien. Il ne parlait pas.

Ce silence la rendait folle.

Il éteignit le moteur, sortit de la voiture et se dirigea vers la porte d'entrée. Soit elle le suivait, soit elle dormait dans la voiture.

Et merde.

Elle le suivit, bien sûr. Puisqu'il avait une clé de chez elle, il était déjà à l'intérieur quand elle entra.

— Ça suffit, dit-elle. Dis-moi ce qui ne va pas ou...

— Parle-moi de ça.

Il lui lança un foulard. L'un de ceux qu'il avait utilisés pour attacher ses poignets l'autre nuit.

Elle cligna des yeux, confuse.

— Tu as dit que tu me faisais confiance, reprit-il en agitant le foulard devant son visage. Tu m'as fait attacher tes poignets pour me montrer à quel point tu me fais confiance.

Elle sentit son sang se glacer.

— Spencer, dit-elle lentement. Qu'est-ce qui se passe ?

Il prit le foulard au milieu et le déchira en deux.

— Nom de Dieu, Brooke ! Tu m'as confié tes émotions les plus intimes, tes peurs, tes cauchemars, mais tu ne m'as pas fait suffisamment confiance pour me dire que l'homme qui t'avait violée était l'un de mes amis ? De nos amis. Que Brian t'a fait bien pire que ce qu'il m'a fait à moi ?

Des larmes coulaient sur ses joues, mais elle ne s'en rendit compte qu'en goûtant le sel au coin de sa bouche.

— Quoi... comment...

— Il a fait la même chose à une autre fille. Une femme qui travaillait pour moi. Elle est venue me voir et elle espérait que je pourrais avoir d'autres témoins. Elle porte plainte. J'ai reconstitué le puzzle.

— Je vois.

Ses jambes se dérobèrent et elle s'effondra sur le sol.

— Tu ne m'as pas fait confiance, Brooke.

Il tendit le foulard.

— Ce n'est pas de la confiance. Pas si tu me mens en me disant que tu ne sais pas qui t'a fait ça. Pas si c'est un mec que nous avons tous les deux considéré comme un ami.

— Non, dit-elle enfin d'une voix déterminée. Je ne te l'ai pas dit. Parce que je te connais, Spencer. Si quelqu'un fait un sale coup à des personnes que tu aimes, tu agiras. Je ne pouvais pas te perdre comme ça. Tu venais juste de me dire que tu voulais enterrer Brian après ce qu'il t'avait fait. Tu crois vraiment que je ne sais pas que tu ferais mille fois pire pour ce qu'il m'a infligé ?

Un sanglot la déchira.

— Tu crois que je voulais que tu sois arrêté pour voie de fait ? Ou pire ?

— Comme je le disais. Tu ne me fais pas confiance.

— Bien sûr que si.

— Non, tu ne me fais pas confiance pour te protéger. Tu crois que je ne saurais pas me contenir. Et tu sais quoi ? Tu as peut-être raison. Après tout, c'est le sang qui parle, non ? Le mien n'est pas aussi noble que celui de Parker.

— Parker !

— Je suis seulement le type qui a un frère en prison. Un type avec un casier judiciaire pour voie de fait, qui a eu la chance d'avoir une carrière digne de ce nom parce qu'il est doué de ses mains. Ne lui demande pas de faire un vrai travail, parce qu'il ne sait même pas protéger son propre compte bancaire, encore moins la femme qu'il aime.

— *Arrête !*

Elle frappa le mur derrière elle, du plat de la main, et le coup résonna dans la petite entrée.

— Ne m'accuse pas de ça. Tu te vois comme ça, Spencer Dean. Et tu sais quoi ? C'est ton problème. Je comprends que tu sois en colère... Je le suis aussi. Par contre, ne me mets pas ça sur le dos.

Elle ne prit pas la peine d'essuyer les larmes qui roulaient sur ses joues. C'était un salaud borné.

Il serra le poing et l'abattit contre le mur à plusieurs

reprises. Il resta debout, le souffle court. Quand il parla enfin, sa voix était revenue à la normale.

— J'ai entendu ce que ton père a dit. Le jour où il t'a proposé de financer ton entreprise. Il a dit qu'un jour ou l'autre, je te décevrais. Alors, je crois que c'est aujourd'hui.

— Oui, dit-elle, le corps alangui, trop épuisée pour se battre davantage. Oui, peut-être.

Il fit un autre pas vers elle, puis marqua une pause.

Son cœur lui faisait mal et elle avait envie de le toucher, de lui dire qu'il était tout pour elle, qu'il ne connaissait pas sa propre valeur, que le fait qu'il la prenne dans ses bras et qu'il lui fasse l'amour était mille fois plus puissant que son poing dans le visage de Brian.

Le problème, c'était qu'elle pouvait le lui dire tous les jours jusqu'à la fin de sa vie, tant qu'il n'aurait pas compris qu'elle l'aimait pour ce qu'il était, les choses ne seraient jamais claires. Elle ne pouvait pas vivre en attendant que ça arrive.

Lentement, elle se leva et marcha vers son salon. Elle fit une longue pause, assez longue pour regarder par-dessus son épaule.

— On se voit demain au travail, dit-elle en s'efforçant de ne pas pleurer. Tu connais la sortie.

VINGT

— Est-ce seulement Spencer ou tous les hommes sont des têtes de mule ?

— Je crois que ce sont tous les hommes, dit Amanda avant de regarder Jenna du coin de l'œil. Et ton opinion ?

— Clairement. Même si j'ai bien dompté Reece.

— C'est vrai, reprit Amanda. Beau boulot. Tu vois ? Les hommes sont domptables. C'est bien, non ? Tout ce que tu as à faire, c'est prendre à Spencer un de ces colliers qui envoient des décharges électriques et quand il dépasse les bornes, tu appuies sur le bouton.

Brooke riait à gorge déployée. C'était agréable, étant donné qu'elle avait pleuré toutes les larmes de son corps la nuit précédente. Elle était venue travailler comme d'habitude, mais Spencer était parti chercher du bois de charpente, alors elle s'était enfermée dans le bureau pour passer un appel au secours à Amanda. Jenna ne faisait pas partie de la conversation au départ, mais elle avait passé la tête pour transmettre un message et elle avait été invitée d'un signe de la main par Amanda – ce qui arrivait avec la plupart des personnes dans son entourage.

— Merci, les filles. Je ne sais pas du tout ce que je vais faire, mais je me sens mieux.

— Je ne connais pas le problème, dit Jenna, mais selon mon expérience, quand un homme sort du droit chemin, il le reprend de lui-même. Ce que je veux dire, c'est qu'au bout du compte, il t'aime. Tous ceux qui sont passés par *Le Fix* ces deux dernières semaines l'ont constaté.

— Est-ce suffisant ?

— Si ça ne l'est pas, on l'emmènera derrière et on lui balancera de la nourriture pourrie jusqu'à ce qu'il revienne à la raison. Ça te va ?

Brooke soupira, puis retint un nouveau flot de larmes.

— Je vous aime, les filles. J'espère vraiment qu'on n'en arrivera pas aux projectiles pourris.

— Ne t'en fais pas. Spencer est un bon gars.

C'était la vérité. Le problème était que Spencer ne savait pas à quel point il était bon, mais Brooke avait pris assez de temps à Jenna et ce n'était pas un problème sur lequel les filles pouvaient l'aider.

— Tu n'as pas dit que tu avais un message ? demanda-t-elle.

— Merde. J'ai oublié. Je vous jure, j'ai la tête dans les nuages ces jours-ci.

Brooke faillit lâcher que ce n'était pas surprenant avant de se rappeler que Jenna n'avait encore annoncé à personne qu'elle était enceinte. Elle garda le silence.

— Il y a un homme qui veut te voir, dit Jenna à Brooke. Apparemment, c'est ton père.

Le regard de Brooke croisa celui d'Amanda, qui le lui

rendit avec toute la sympathie d'une véritable amie. Toutefois, elle ne proposa pas de rencontrer la bête à la place de Brooke.

— Je pourrais lui dire que nous avons un petit cas d'Ebola, suggéra Amanda. Qu'il peut te voir, mais qu'il doit porter une combinaison intégrale.

— C'est une idée, mais je ferais mieux de m'en débarrasser.

Elle ne marcha ni lentement ni vite. Elle ne voulait pas l'affronter, mais elle ne voulait pas non plus prolonger la douleur. Quand elle atteignit enfin sa table, il tambourinait avec impatience sur le cadran de sa Rolex.

— Te voilà.

— J'étais en train de faire quelque chose, dit-elle. Si tu devais me voir à une heure précise, un rendez-vous aurait été utile.

— J'en déduis que tu participes toujours à cette émission ridicule.

— Oui.

Elle se garda d'ajouter quoi que ce soit. C'était lui qui lui avait appris ça... Si tu es sur le banc des accusés, moins tu en dis, mieux c'est.

— Hmm. Ta mère et moi, nous sommes déçus.

— Tu m'en vois choquée.

— Pour l'amour du ciel, Brooke, ne sois pas impertinente. Je fais seulement la conversation.

Elle soupira.

— Papa, toi et moi, nous savons que cette conversation est la dernière raison pour laquelle tu es là. Dis-moi la première raison de ta présence et finissons-en.

— Pour être franc, j'en ai assez. Tu t'es amusée avec ce garçon il y a plusieurs années, et il est temps que tu passes à autre chose. Fais ce boulot s'il le faut, mais ce n'est pas le genre de personne dont nous avons besoin dans cette famille.

— Oh, vraiment ? Parce que je pense qu'une personne qui a un réel sens de la famille, qui aime sans conditions et qui a travaillé comme un fou pour être là où il en est aujourd'hui, c'est *exactement* le type de personne que nous devrions avoir dans cette famille.

En partant du principe, bien sûr que Spencer et elle soient toujours en couple, mais elle n'en doutait pas. Ils ne pouvaient pas rompre, si ? Spencer ne pouvait pas avoir une aussi piètre opinion de lui-même que son père.

— C'est un criminel.

— N'importe quoi.

Du coin de l'œil, elle vit Cameron nettoyer une table non loin de là et elle baissa la voix.

— Il a un casier judiciaire qui date de son enfance, quand tout son monde s'écroulait. J'aimerais te voir survivre à ce qu'il a traversé. Parce que, papa, je ne pense pas que tu aurais réussi.

Son père prit une inspiration et se redressa sur sa chaise.

— Ne me parle pas sur ce ton.

— Alors, ne viens pas pour le demander.

Elle inspira et commença à se relever.

— Est-ce qu'on a fini ?

— Non.

Résignée, elle s'adossa dans sa chaise.

— Continue.

— Tu te rappelles peut-être que j'ai des liens avec la commission de l'application des peines.

Les craintes l'envahirent.

— Oui ?

— Il semblerait que le dossier de Richard Dean soit en cours d'évaluation en ce moment. Un appel et je peux m'assurer qu'il reste en prison. Pas seulement aujourd'hui, mais jusqu'à ce qu'il pourrisse dans sa cellule.

Les craintes se transformèrent en terreur.

— Tu ne peux pas être aussi cruel.

— Cruel de garder un meurtrier reconnu coupable en prison ? Je crois que tu dois confondre les adjectifs.

Elle déglutit péniblement.

— Il y a une solution simple. Tu veux que Richard Dean soit libéré sous caution ? Alors, quitte Spencer. C'est tout. Facile. Tu l'as déjà fait, après tout. Tu as bâti ta propre entreprise couronnée de succès. Ne le laisse pas t'entraîner vers le bas.

Son cœur battait si fort dans sa poitrine qu'elle crut qu'il allait exploser. Elle pouvait le faire. Elle *devait* le faire.

Elle prit une inspiration et fit face à son père.

— Tu sais quoi, papa ? *Fais-le.*

Ses yeux s'agrandirent.

— Très bien, répondit-il en se levant.

— En revanche, poursuivit-elle, si tu le fais, je jouerai le même jeu et tu ne seras plus jamais réélu à la Cour. Tu auras même de la chance si tu n'es pas radié du barreau. Toutes les ficelles que tu as tirées, toutes les menaces que tu as faites, je m'assurerai de les diffuser. Au cas où tu ne l'aurais pas remarqué, j'ai accès à la télévision et aux réseaux sociaux maintenant. J'ai mon réseau, papa. Ne me donne pas une raison de m'en servir.

Elle se leva en lui adressant son plus beau sourire. Celui que sa mère et lui avaient financé, d'ailleurs.

— Je retourne au travail maintenant, mais n'hésite pas à commander un verre avant de partir. Je te recommande les Margaritas Jalapeño. Elles ont un sacré punch.

VINGT-ET-UN

Spencer n'avait vu Brooke que par intermittences le mardi et il était assez intelligent pour savoir que c'était intentionnel. Cependant, il se demandait si c'était pour lui laisser de l'espace ou si elle se fichait éperdument de ce qu'il lui arrivait.

Il espérait que c'était la première raison. Il avait agi comme un abruti lundi soir et il le savait. Il aurait certainement compris ce détail, même si Brooke ne l'avait pas relevé aussi bien et sans détour.

Il n'avait pas d'excuses, seulement des explications. Il bouillait de jalousie, plus forte que tout ce qu'il avait pu ressentir jusque-là. C'était idiot, certainement. Spencer ne connaissait pas Parker Manning, mais ce type l'avait vraiment sorti de ses gonds. Parce que Parker avait de la classe, une lignée et de l'argent. Sans mentionner son physique impeccable qui rayonnait sur les panneaux d'affichage et sur les magazines.

Ce que Spencer avait oublié, c'était ce que Parker *n'avait* pas. Parker n'avait pas Brooke. Contrairement à lui.

C'était là qu'intervenait la seconde explication, qui n'était pas une excuse. *La peur*. Parce que Spencer avait regardé Parker et il avait senti une vague de peur glaciale en sachant que si Brooke était sienne aujourd'hui, il n'y avait aucune garantie qu'il puisse la garder. Il l'avait déjà perdue. Dieu sait qu'il y avait beaucoup d'autres hommes meilleurs que lui pour elle dans le monde. Alors, pourquoi serait-il l'heureux élu ?

Elle lui avait juré qu'il l'était. Elle le croyait peut-être.

Mais il avait beaucoup de mal à le croire lui-même.

— Salut, les gars !

La voix enjouée de Mina traversa le vacarme à l'arrière du bar, coulisses improvisées pour les employés. Derrière elle, il pouvait entendre les bavardages étouffés du maître de cérémonie, une star du film indépendant que Jenna considérait comme un véritable atout pour le concours.

— Voilà comment ça va se passer : vous marcherez sur le tapis rouge, vous monterez les escaliers, et ensuite, vous pourrez dire quelques mots. Par exemple : *Un vote pour moi est un vote pour le plus sexy* ou ce que vous voulez. Vous devez retirer votre chemise, ajouta-t-elle en souriant et en désignant Cameron toujours réticent. Puis vous vous pavanerez par ici jusqu'à ce que tout le monde soit passé. Ensuite, vous reviendrez, vous vous alignerez sur la scène et le public votera. Après, vous pourrez vous mêler à la foule quand nous aurons tout collecté jusqu'à ce que nous annoncions le gagnant une trentaine de minutes plus tard.

Elle reporta son attention vers Spencer.

— Puisque tu es le dernier à passer, tu n'as pas à revenir. Reste sur la scène et les autres te rejoindront.

— Compris.

Dans la pièce principale, la musique commença et le premier des douze concurrents partit dans la direction indiquée. Quelques autres se rassemblèrent derrière la porte pour regarder, mais Spencer ne bougea pas. Il n'était pas nerveux, il avait passé trop d'années sous les projecteurs pour avoir le trac maintenant, mais il le regrettait. Au moins, le trac lui aurait donné autre chose à penser que Brooke.

Autant pour la distraction que pour l'amitié, il se tourna vers Cameron afin de le mettre à l'aise.

— Ils ont réussi à te convaincre ?

Ce dernier haussa les épaules.

— Je me suis dit que je le regretterais si je ne le faisais pas, mais je le fais à ma manière.

Spencer hocha la tête lentement sans trop savoir ce qu'il voulait dire.

— À ta manière ? Tu ne vas pas retirer ta chemise ?

Un sourire narquois effleura les lèvres de Cameron.

— Tu verras bien.

Voilà au moins qui lui donnait matière à réfléchir pour le reste de l'attente.

Cam était le onzième à passer. Quand il s'avança sur le tapis rouge, Spencer se dirigea vers la porte pour jeter un œil. La première chose qu'il vit, ce fut Brooke à quelques mètres de là. Elle venait dans sa direction.

— Salut, dit-elle lorsqu'elle atteignit la porte des coulisses.

— Salut.

Un sourire vacilla sur ses lèvres. Elle entra dans la pièce et sa main chercha celle de Spencer. Il la prit, pleinement conscient. C'était Brooke. Elle était sienne.

— Je voulais te souhaiter bonne chance, dit-elle, et si tu tombes de notre merveilleuse nouvelle scène, je vais devoir te tuer.

Il rit, un peu plus que ne le méritait la plaisanterie, mais c'était si bon d'être à nouveau en bons termes.

— Écoute, dit-il.

Il ne put aller plus loin, car toute la salle explosait de rire et d'applaudissements.

Brooke et Spencer regardèrent tous les deux en direction de la scène, sur la pointe des pieds pour mieux voir le spectacle de Cameron Reed. Le barman extraordinaire se tenait sans chemise sur la scène, les mots *Intermède comique* inscrits en travers du torse avec ce qui semblait être du rouge à lèvres, et une grande flèche dirigée vers sa tête.

— Oh, la, la, fit Brooke.

— Au moins, il n'a pas vraiment fait de l'autodérision en pointant la flèche dans l'autre direction, grogna Spencer en riant.

Brooke tendit le cou pour déposer un baiser sur sa tempe.

— Fais-les tomber, murmura-t-elle avant de se fondre dans la foule quand la musique reprit.

Il marcha vers la scène d'une démarche nonchalante, mettant un point d'honneur à sourire à toutes les femmes qui riaient ou qui lui criaient de retirer sa chemise. Il s'exécuta, bien sûr, puis il prit une pose du style Mister Univers en se montrant de face et de dos, avant de hocher la tête vers le public et de faire un pas vers l'arrière de la scène pour laisser les autres hommes le rejoindre et s'aligner avec lui.

Après quoi, ils se mêlèrent à la foule. Cameron et lui attiraient l'attention plus que les autres. Il tenta de trouver Brooke dans la cohue, mais il ne réussit pas à poser les yeux sur elle.

Il ne la revit pas jusqu'à ce que la maîtresse de cérémonie, Beverly, demande l'attention. Tous les hommes revinrent docilement sur la scène pour les résultats.

— Roulement de tambour, s'il vous plaît, dit Beverly.

Aussitôt, le rythme électronique jaillit des enceintes.

— Mesdames et messieurs, mais surtout mesdames... Votre vote pour Mister Février est *Spencer Dean*.

Des applaudissements éclatèrent dans la salle et Spencer avança pour prendre le t-shirt de Mister Février que Beverly brandissait en guise de trophée. Molly et Andy allaient adorer, il en était certain.

Il allait enfiler le t-shirt quand il aperçut Brooke dans la foule. Il s'attendait à ce qu'elle le regarde, mais au lieu de ça, elle était tournée et regardait une autre personne, les yeux exorbités par la peur, aussi pâle que la mort. *Que se passe-t-il ?*

Il se décala et suivit son regard. Son corps devint soudain brûlant d'une rage telle que même une fournaise ne lui arriverait pas à la cheville.

— *Brian.*

Il était juste devant Brooke. Et il se dirigeait vers elle.

Pas question. Hors de question.

Sans réfléchir, il passa à l'action. Avant de s'en rendre compte, il bondit de la scène, attrapa le salaud par le collet et balança un coup de poing brutal sur le nez aristocratique du traître.

Il l'entendit craquer sous ses phalanges et sentit

l'odeur reconnaissable du sang. Brian gémit en tombant, les mains sur son visage. Du sang coulait entre ses doigts. Spencer vit les chaises reculer et les clients se lever d'un bond.

Rien de tout cela n'avait de sens. Il changea de position, toujours en proie à une colère noire, prêt à sauter sur Brian et en *finir* avec lui.

La main de Brooke sur son bras l'arrêta et il leva les yeux pour voir son visage marqué par les larmes.

Immédiatement, il se vida de toute son animosité et il dut s'appuyer sur une table à proximité pour empêcher ses jambes de le lâcher.

— Spenc...

Il ne la laissa pas finir.

— Je suis désolé, dit-il avant de se retourner, titubant vers la porte.

La panique qui avait envahi Brooke à la vue de Brian courait toujours dans ses veines, mais maintenant elle avait une nature différente. Maintenant, elle avait peur pour Spencer.

— Spencer ! lança-t-elle alors qu'il se frayait un chemin dans le public.

Elle essaya de le suivre, mais une main ferme l'arrêta. Elle tenta de se libérer d'un geste brusque pour constater que c'était Easton.

— Laisse-le partir, dit-il à mi-voix.

— Mais...

Brent fendit la foule pour les rejoindre.

— Mina a appelé une ambulance. Est-ce que le mec va bien ? C'était en quel honneur ?

C'était la voix d'un policier. Il allait droit au but, mais pas sans compassion.

— Je dois trouver Spencer, dit Brooke en prenant conscience qu'elle pleurait sous les caméras de Casper et de Nick.

Elle s'essuya le nez du revers de la main. À ce moment précis, elle se fichait éperdument d'être enregistrée.

Le monde autour d'elle tournait au ralenti. Tyree, Jenna et Reece étaient arrivés pour aider Brian, et Brooke n'avait pas l'énergie de leur dire qu'il ne méritait pas leur aide. Easton et Brent la dévisageaient.

— Allons au fond, dit Easton.

Brent acquiesça et ils la menèrent dans le bureau de Tyree.

— Est-ce que tu sais ce qui s'est passé ? demanda Brent. Plus important, *pourquoi* c'est arrivé ?

Lentement, elle hocha la tête. Seulement pour la seconde fois de sa vie, elle raconta ce qui était arrivé entre elle et Brian, qu'ils avaient commencé en tant qu'amis et que ça s'était terminé par un viol.

— Spencer est au courant, dit-elle. Je lui en ai parlé il y a quelques jours. Ou plutôt, je lui ai dit que j'avais été violée lors d'un rendez-vous. Il a deviné que c'était Brian. Il y a une autre femme... Amy. C'est l'une de ses anciennes employées. Elle porte plainte contre Brian. Elle est venue voir Spencer pour savoir s'il connaissait d'autres victimes et il a compris ce que Brian m'avait fait.

Les deux hommes se regardèrent sans rien dire.

— Il avait d'autres raisons aussi.

Elle leur parla des combines financières auxquelles Brian était mêlé.

Lentement, Easton hocha la tête.

— Je dois le trouver, dit Brooke. Est-ce que je peux y aller ? S'il vous plaît.

Brent posa une main sur son bras.

— Il est sous tension pour le moment, ma belle. Laisse-lui jusqu'à demain matin.

— Mais... fit-elle en inspirant pour reprendre courage malgré sa peur. Et s'ils le trouvent et l'arrêtent ?

— Mon premier poste était au bureau du procureur, dit Easton. Laisse-moi passer quelques coups de fil. Je veux aussi jeter un œil sur l'affaire d'Amy. Même si elle est en attente dans le comté de Travis, je pourrai peut-être apprendre quelque chose. Je vais même aller au poste de police et commencer par là.

— Je t'accompagne, dit Brent. Je trouverai quelqu'un pour nous aider. Tout va bien se passer, ajouta-t-il en lui faisant une accolade rapide. Ne t'inquiète pas.

C'était plus facile à dire qu'à faire.

Au manoir, Spencer entendit les charnières rouillées de la porte de la cuisine grincer et il se leva pour l'accueillir. Il savait que ce serait Brooke et il savait pourquoi elle était restée loin de lui la nuit précédente. Parce qu'il avait merdé. Il avait été l'homme qu'il avait toujours eu peur de devenir. Un homme qui mettait toute sa vie dans ses mains et non dans sa tête.

— Alors voilà, dit-il quand elle entra dans la pièce, le visage pâle et tiré. C'est moi. C'est le genre d'homme que je suis. Et je sais que tu ne peux pas supporter...

— Ferme-la, Spencer.

Il obéit, sans voix devant ses paroles inhabituelles.

Elle avança lentement et lui prit la main. Alors que son cœur était tout retourné, elle se pencha avec douceur et embrassa les hématomes sur ses jointures.

— Pour un homme qui s'investit vraiment, tu peux être très stupide. Tu le sais, non ?

— Qui s'investit ?

— Tu penses que tu n'es pas une réussite parce que tu

travailles avec tes mains et que tu ne sais pas faire de la comptabilité à deux chiffres ? N'importe quoi. Tu es capable, honnête et loyal, et tu donnerais ta vie pour quelqu'un que tu aimes.

Elle cligna des yeux et des larmes coulèrent le long de sa joue.

Il retint son souffle sans comprendre ce qu'elle lui disait. Il voulait la croire, mais il avait peur de faire le saut.

Il inspira, puis il décida de se ressaisir.

— Tu ne m'as pas dit pour Brian parce que tu avais peur que je fasse ce que j'ai fait hier soir.

— Exactement.

— Alors, je suis désolé, mais c'est ce que je suis. Et si...

— Merde, est-ce que je vais devoir te taper sur la tête avec une brique ? Combien de fois je vais devoir te le dire avant que ça rentre dans ta tête dure ? Je n'en ai rien à faire que tu frappes ce connard. Est-ce que tu crois que je ne comprends pas combien ça t'a fait mal quand tu as entendu ce qu'il m'a fait ? De savoir qu'il n'y a rien que tu puisses faire pour effacer ça ? Je lui aurais bien écrasé le visage moi-même !

— Mais...

— Il n'y a pas de *mais*.

Elle inspira en essayant de reprendre le contrôle de peur de lui décocher un coup de pied dans les tibias.

— Enfin, Spencer. Je voulais me lever et t'encourager quand tu lui as donné ton coup de poing. Tu n'as pas baissé dans mon estime pour m'avoir protégée. Au contraire, tu as gagné de nombreux points. Par contre, je te jure, si tu gâches tout pour nous deux en écopant d'une condamnation pour voie de fait...

— Nous deux ?

Le mot saisit son cœur. Il avait du mal à respirer.

Elle redressa les épaules, tellement contrariée contre lui qu'il dut faire un effort pour ne pas la prendre dans ses bras et lui retirer cette expression à coup de baisers.

— Nous nous sommes disputés, dit-elle. Ça arrivera encore. Tu pensais que c'était la fin entre nous ? Oublie ça. Je ne vais pas abandonner si facilement, Spencer Dean. Même si tu es la plus grosse tête dure de la planète.

Elle se campa devant lui et enfonça son index sur son torse. Sans douceur.

— Toi. Cet homme. Le mec en face de moi. C'est tout ce que je veux. Tout ce que j'ai toujours voulu. Si tu veux te débarrasser de moi, il faudra me passer sur le corps.

— Mon ange.

Il avait du mal à prononcer ces mots tendres à travers sa gorge obstruée. Il tendit les bras vers elle. Dès qu'elle fut contre lui, il sut qu'aucun homme au monde n'avait jamais été plus chanceux.

— Je t'aime.

— Je t'aime aussi, dit-elle, encore un peu exaspérée.

Puis elle se retourna dans ses bras pour le regarder.

— Oh, en passant, nous sommes à la mode sur les réseaux sociaux.

Il rit. Un véritable rire, sincère. Ça faisait du bien.

Soudain, une pensée lui revint.

— J'ai quitté une scène de crime, dit-il. Je dois aller me rendre.

Il passa les doigts dans ses cheveux.

— Qu'est-ce que je disais ? répondit-elle. Tu es un homme bien.

Elle sortit de ses bras et prit son téléphone dans sa poche.

— Je viens avec toi, mais laisse-moi parler à Easton et Brent avant.

— Pourquoi...

Au même instant, son propre téléphone sonna. Sa poitrine se serra quand il vit le numéro. Alors que Brooke s'éloignait pour avoir sa propre conversation, il répondit à l'appel de l'avocate de Richie.

Lorsqu'il raccrocha, il se sentait paralysé. Comme si ses membres avaient disparu. Il s'effondra sur le sol et fixa son téléphone. Il le fixa jusqu'à ce que Brooke s'agenouille devant lui et lui demande ce qui n'allait pas.

— C'est Richie, dit-il avant d'afficher un immense sourire en prenant conscience de la réalité. Il est libéré sur parole.

Elle plaqua une main sur sa bouche et des larmes coulèrent. Elle se jeta à son cou pour l'étreindre. Il la serra fort comme s'il ne devait plus jamais la lâcher, plus jamais la laisser partir. Après ce qui lui sembla une éternité, elle se tortilla pour se libérer, puis elle s'assit sur ses talons en souriant.

— Laisse-moi ajouter un sourire à cette merveilleuse journée. Tu es innocenté.

Il cligna des paupières, hébété.

— Répète ?

— Brent et Easton ont travaillé avec la police, le procureur général et l'avocat d'Amy toute la nuit et ce matin. Je vais faire une déclaration sous serment et Brian va plaider coupable de deux voies de fait avec causes aggravantes. Et toi, mon héros, tu seras libre.

— C'est tout ? Je n'ai pas à aller au poste ?

— Easton a dit qu'Amy pourrait demander à te voir, et moi aussi. Comme témoins pour son dossier au civil. Ils pensent que Brian va avouer, de toute façon. Alors non, tu n'as rien à faire maintenant.

Elle sourit.

— Je dirais que c'est une très belle journée.

— La meilleure, renchérit-il en la serrant contre lui, déposant un baiser sur son front.

— Tu sais, avant, je voulais avoir cette maison pour prouver que je valais plus que mon milieu d'origine.

— Et maintenant ?

— Maintenant, je la veux parce que c'est l'endroit où je me sens le plus en paix avec toi.

Il la sentit trembler entre ses bras. Puis elle pencha la tête en arrière pour le regarder avec tant d'amour dans les yeux qu'il en fut rempli d'humilité.

— Spencer, dit-elle, fais-moi l'amour.

C'était une demande qu'il n'allait pas refuser. Il l'étreignit, puis il l'embrassa tendrement, laissant la passion monter alors qu'ils s'aidaient mutuellement à retirer leurs vêtements, les parsemant sur le sol pour faire un matelas au milieu de cette maison qui serait bientôt la leur.

— Maintenant, dit-elle en l'attirant pour l'allonger sur elle.

Elle le regardait droit dans les yeux avec un tel amour que l'âme de Spencer en fut comblée.

Il la prit tendrement, réclamant son corps sous le toit abîmé qui laissait entrevoir le ciel bleu, un rayon de soleil faisant luire sa peau à travers la poussière.

Lorsqu'elle se cambra en criant son prénom, sa voix

résonnant sur les murs en ruine, Spencer sut qu'aucun homme n'avait jamais été plus chanceux que lui en cet instant.

Plus tard, alors qu'il s'assoupissait avec Brooke dans les bras et le vieux Manoir Drysdale autour d'eux, Spencer sentir quelque chose changer en lui. Un besoin assouvi. Un monstre qui s'endormait.

Il avait réussi, enfin. Spencer Dean était à la maison et en sécurité, enveloppé dans les bras de la femme qu'il aimait. Une femme qui l'aimait en retour.

ÉPILOGUE

Le soir du concours de Mister Février.

Cameron Reed glissa une Corona arrangée le long du bar en direction de Matthew Herrington, l'un des clients réguliers, propriétaire d'une salle de sport à proximité où Cameron allait s'entraîner. Son attention n'était pas sur Matthew, toutefois. Elle était sur Mina.

Il pouvait à peine la voir sous cet angle. Il entrevoyait seulement sa chevelure noire comme la nuit, si lisse qu'elle semblait refléter une teinte bleue sous la lumière des projecteurs de la scène. Il était près de deux heures et le bar était presque vide, si calme qu'il entendait Mina rire avec Jenna. Elle disait que s'ils voulaient du mélodrame dans leur premier épisode, ils n'auraient pas pu mieux faire.

Cam n'avait aucune idée de ce qui s'était réellement passé. Tout ce qu'il savait, c'était que Spencer avait jeté le t-shirt de Mister Février, puis avait sauté de la scène pour envoyer un gros coup de poing au sosie de Robert Redford.

Tout le monde au *Fix* avait été interloqué, mais à voir l'expression du mec en question, il l'avait certainement vu venir.

Autrement, la seule chose qu'il savait, c'était que Spencer l'avait fait pour une femme. Il l'avait deviné à l'expression de Brooke, à mi-chemin entre l'adoration et la stupeur.

Cam soupira. Il voulait voir cette expression dans les yeux de Mina. Pour être plus précis, il voulait la voir quand elle le regarderait. Lui, et seulement lui.

Ce soir, il avait eu la réaction qu'il attendait d'elle et de tout le bar, mais les rires n'étaient pas suffisants.

— Tu t'y prends mal, mon vieux, dit Matthew.

Cam se retourna rapidement pour regarder le propriétaire de la salle de sport.

— Quoi ? Non, j'étais seulement dans la lune. Je regardais dans le vide.

— Ne raconte pas des histoires.

Cam se renfrogna.

— Allez, va le dire à la fille, dit Matthew en levant sa bouteille avant de boire une longue rasade.

— C'est ce que tu ferais, toi ?

— Bien sûr que oui.

— Comment ?

Matthew s'adossa. Il avait un visage anguleux et les yeux pleins d'humour. À ce moment précis, ils pétillaient avec amusement.

— Je n'en sais rien, mon vieux. Si elle te plaît, tu dois aller la voir.

Il but une autre gorgée.

— Est-ce qu'elle te plaît ?

Cameron regarda dans la foule, ses yeux trouvant immédiatement Mina.

— Évidemment, murmura-t-il.

Maintenant, il devait seulement trouver un moyen de l'avoir.

Envie d'en découvrir plus ? Continuez à lire pour un extrait du prochain tome de la série *L'Homme du mois*…

Chapitre Un

— Toi, mon pote, tu as de sacrées grosses couilles !

Impassible, Cameron Reed but une longue gorgée de bière en regardant le doigt pointé droit sur son visage. Il était assis près de la fenêtre au *Fix*, un bar populaire d'Austin où il travaillait comme barman quand il n'était pas à l'université.

Le doigt en question appartenait à Nolan Wood, un animateur de la radio locale et habitué du *Fix*.

— Je peux savoir ce que vaut un si beau compliment à mon ami ?

C'était Darryl Silver qui venait de parler, le meilleur ami de Cameron depuis leur enfance. Darryl était de retour en ville après avoir obtenu son diplôme de droit.

— Ça me paraît clair, non ? fit Cameron en basculant sur sa chaise et en prenant son paquet à une main. Tout simplement parce que je le mérite ! lança-t-il avec un large sourire.

— Les allégations de mon ami sont-elles vraies ? demanda Darryl à Nolan.

— Ça y est, il nous refait son avocat ! plaisanta Cameron.

Darryl fit un doigt d'honneur à son ami en souriant.

— Je te rappelle que même s'il n'a pas été élu Mister Février, répondit Nolan, ses couilles ont quand même fait sensation !

Cameron attrapa l'un des beignets dans le panier devant lui et n'en fit qu'une bouchée. Même lorsqu'il ne travaillait pas, il passait ses journées au *Fix*, à la fois près de l'université et de la petite maison où sa sœur et lui avaient grandi. Il aimait y déjeuner ou simplement y passer du temps avec ses amis.

À l'autre bout du bar, Tiffany, l'une des serveuses, croisa son regard. Elle était en train de déposer des boissons et des hamburgers sur une table de clients. Cameron leva sa bière dans sa direction afin de lui en commander une autre. Même si *Le Fix* était davantage fréquenté le soir, un certain nombre d'habitués venaient y déjeuner presque tous les jours.

Cameron s'avachit à nouveau sur sa chaise, imitant la posture détendue de Nolan.

— Tu sais, dit-il, je ne pense pas avoir fait sensation. C'était plus une déclaration.

— C'est vrai ! s'exclama Nolan en riant. *Intermède comique*, ajouta-t-il en secouant la tête, comme s'il se remémorait un souvenir amusant. Ça t'allait parfaitement !

— Je ne vois pas du tout de quoi vous parlez, répondit

Darryl en posant son rhum-coca. Intermède comique ? Mister Février ? Qu'est-ce que...

Il s'interrompit.

— Oh, attendez, reprit-il en se tournant vers Cameron. Il s'agit de l'élection de l'homme du mois, c'est ça ? Mina m'en a parlé.

En entendant le prénom de la sœur jumelle de Darryl, Cameron sentit son estomac se nouer et une excitation monter en lui. Il avait toujours eu le béguin pour elle, même s'il ne s'en était pas immédiatement rendu compte. Pendant longtemps, Mina n'avait été pour lui que la sœur de son meilleur ami, que Darryl et lui persécutaient à coups de moqueries et de taquineries. Mais il avait fini par réaliser que, lorsqu'il allait chez Darryl, c'était moins pour le plaisir de jouer aux jeux vidéo avec son meilleur ami que pour avoir une chance de passer un peu de temps avec sa sœur, dont le sourire doux et le sens de l'humour décalé lui plaisaient de plus en plus.

Un jour, il l'avait vue se balader avec Tony Renfroe, un quart-arrière de l'équipe de football américain du lycée qui faisait souvent la une du journal local. Ce jour-là, le monstre qui était en lui s'était réveillé. Il avait eu envie de tuer Tony et de le faire disparaître de la vie de Mina. Mais il s'était abstenu.

Mina avait alors fini par sortir avec Tony. Puis Alex. Puis Roger. Puis beaucoup d'autres... Mais jamais Cameron, dont l'attirance n'avait fait que croître, passant des rêves innocents de l'adolescence à ceux, plus virulents, de l'âge adulte. Il lui arrivait souvent de se réveiller avec une excitation telle que même une douche froide ne suffisait pas à l'apaiser...

— C'est ça ! confirma Nolan. L'élection de Mister Février a eu lieu mercredi dernier. Ce n'était que la deuxième élection qu'organisait *Le Fix*, mais l'événement fait déjà beaucoup de bruit en ville. Ça marche du tonnerre !

Darryl était sur le point de dire quelque chose, mais Cameron prit la parole avant lui, soulignant que ce concours et tous les autres événements mis en place par *Le Fix* pour renflouer les caisses du bar avaient beaucoup de succès.

En tant que barman, Cameron ne disposait que des informations que Tyree, le propriétaire du bar, voulait bien lui donner, mais il savait que *Le Fix* connaissait des difficultés financières depuis que d'autres bars appartenant à de grandes enseignes s'étaient installés dans le quartier, proposant des tarifs moins élevés et des serveuses plus dénudées. Tyree avait récemment réuni les employés pour les informer que, si les recettes n'augmentaient pas avant la fin de l'année, *Le Fix* risquait de fermer ses portes et qu'il s'était associé à Reece Walker, Brent Sinclair et Jenna Montgomery pour essayer de remonter la pente.

Reece, le gérant du bar, était le supérieur direct de Cameron. Ancien flic, Brent était en charge de la sécurité. Quant à Jenna, sa formation en marketing lui avait permis de mettre en place toute une série de modifications et d'événements destinés à augmenter les revenus et la fréquentation du bar, et à en faire l'endroit de référence de la ville. C'était notamment grâce à elle que *Le Fix* participait à *Réno Boutique*, une émission de télévision qui aidait les restaurants en difficulté en leur offrant un relooking intégral.

Cameron voyait d'un très bon œil cette participation à l'émission. Elle faisait une excellente publicité au *Fix*, mais elle lui permettait surtout de voir Mina plus souvent. En effet, l'objet de ses rêves faisait un stage pour l'émission et se trouvait donc sur le plateau de tournage presque tous les jours. Cameron adorait la regarder, moulée dans son jean et le sourire aux lèvres, évoluer entre le personnel du bar et l'équipe de tournage.

L'une des raisons pour lesquelles *Le Fix* avait été sélectionné par la production était justement l'élection de l'homme du mois qu'il organisait. La chaîne y avait vu l'opportunité d'augmenter les audiences. Mais l'inverse était également vrai : grâce à la participation du bar à l'émission, le concours était désormais un véritable succès. Non seulement le nombre de participants avait bondi, mais en plus, des stars du fitness, des acteurs et des mannequins s'y étaient également inscrits, attirant de plus en plus de clientes venues admirer les participants sans hésiter à consommer.

Le concours était devenu si populaire que les clients faisaient la queue pour pouvoir y assister et Cameron n'avait jamais autant travaillé que lors des deux premiers concours. D'ailleurs, il était prêt à renouveler sa participation au concours uniquement pour échapper au travail pendant une bonne heure, comme ce fut le cas le mercredi précédent, quand il avait concouru pour l'élection de Mister Février.

— Tu as vraiment fait ça ? Toi ? s'étonna Darryl.

Déambuler torse nu sur une scène, c'était son style, mais il n'aurait jamais imaginé que Cameron en soit capable.

— Cameron Reed. Bibliothécaire intello le jour ; star du porno la nuit, fit-il mine d'annoncer avec une voix grave de présentateur.

— Star du porno ? répéta Cameron en hochant la tête. J'imagine que je dois mon succès à mes « sacrées grosses couilles », plaisanta-t-il.

— Bibliothécaire ? s'exclama Nolan en riant si fort qu'il faillit cracher sa bière sur ses deux amis.

— Je te jure que c'est vrai, répondit Darryl. « Intello » peut-être moins, ajouta-t-il en riant.

— Des livres et des manuscrits rares, précisa Cameron à Nolan en levant les yeux au ciel. Je ne sais pas pourquoi Darryl adore me charrier avec ça !

Darryl avait toujours pensé que Cameron choisirait de devenir avocat, comme lui et la plupart de leurs amis. Mais il avait préféré faire de brillantes études d'histoire et s'était spécialisé en bibliothéconomie. Ce n'était peut-être pas aussi sexy que d'être un ténor du barreau, mais cela correspondait à son goût pour le détail, le passé, les livres et l'odeur du vieux cuir. Il venait de terminer son master et avait obtenu une bourse confortable pour entamer un cycle de doctorat dès la rentrée suivante.

— ... je n'arrive pas à t'imaginer concourir pour être élu Mister du mois, renchérit Darryl.

— Pardon, quoi ? fit Cameron qui semblait ne plus suivre la conversation.

— Toi, en train de traverser la scène... c'est très surprenant ! continua Darryl, sans prendre conscience que Cameron avait perdu le fil. Même si on sait tous les deux que tu es ultra sexy.

Il se tourna vers Nolan.

— Cameron est mon meilleur ami et j'ai toujours préféré la gent féminine, mais ça ne veut pas dire que je ne peux pas juger de la qualité de la marchandise. Enfin, tu as vu ses épaules ? Ses abdos parfaits ? Et je ne te parle même pas de son cul. J'ai raison, non ?

— Absolument, rétorqua Nolan. Et je dis ça en tant qu'hétéro de la première heure !

— Tu vois ? reprit Darryl en se tournant à nouveau vers Cameron qui semblait trouver ses deux acolytes ridicules. Tu es un dieu vivant. D'ailleurs, les clientes te le font suffisamment comprendre. Mais tu n'es pas du tout le genre de mec à donner tes muscles en pâture ! Qu'est-ce qui t'a décidé ?

— Si tu veux tout savoir, répondit Cameron, c'est ta sœur. Elle a tellement insisté pour que je participe que, très vite, tout le monde dans le bar m'a supplié de retirer ma chemise et de monter sur scène.

— C'est vrai que Mina peut être convaincante quand elle veut, admit Darryl. Pas facile de lui résister...

Il ne pensait pas si bien dire...

Lorsque Mina avait insisté pour que Cameron participe au concours, il avait espéré qu'elle l'imaginait comme lui l'imaginait, elle : la poitrine nue, en sueur et sous des draps. Il aurait adoré qu'elle fasse partie des clientes qui, comme l'avait rappelé Darryl, lui faisaient de l'œil toute la journée. Mais ce n'était pas le cas et Cameron le savait. Mina le considérait comme un ami. Elle s'amusait juste à le taquiner pour qu'il se lâche un peu – malheureusement pas avec elle.

Après avoir réalisé qu'il n'y avait rien de personnel dans le fait que Mina l'encourage à concourir, l'idée de se pavaner torse nu devant tout le monde lui avait semblé carrément décourageante. Mais il n'avait pas eu d'autre choix que de se lancer, car sinon, tout le monde au *Fix* lui aurait collé une étiquette de poule mouillée.

— Tu aurais dû le voir, expliqua Nolan à Darryl. On avait l'impression qu'il glissait littéralement sur le tapis rouge tellement sa démarche était fluide. Quand il a enlevé sa chemise, sa poitrine était recouverte de rouge à lèvres.

— *Intermède comique*, dit Darryl en applaudissant lentement son ami, avec une admiration amusée. Tu es génial, railla-t-il.

— Qu'est-ce que tu veux... il faut savoir se lâcher de temps en temps, répondit Cameron en faisant mine d'accepter le compliment.

— C'est exactement ce que je disais : de sacrées grosses couilles ! renchérit Nolan en passant une main dans ses cheveux. Il faut absolument que toi et tes couilles veniez dans mon émission ; vous allez cartonner ! Je vois ça d'ici... On pourrait même diffuser l'émission en direct sur les réseaux sociaux. Mes fans vont adorer.

— Je n'en suis pas sûr... répondit Cameron.

Wood Matin, l'émission quotidienne qu'animait Nolan, était l'une des plus écoutée de la ville. Cameron n'avait pas spécialement envie de partager son intimité avec tous les habitants d'Austin.

— Au fait, où est Mina ? demanda Cameron, autant pour changer de sujet que parce qu'il avait réellement envie de le savoir. Elle était censée être aux commandes de la caméra numéro deux aujourd'hui, pendant que Brooke et Spencer travaillent sur l'installation de la grande table.

En effet, Brooke Hamlin et Spencer Dean, le couple

phare de l'émission *Réno Boutique*, étaient en train de terminer l'installation d'une immense table qu'ils avaient construite la veille et qui devait séparer la scène du public. Quant aux deux cameramen, l'un d'eux avait dû se rendre à Los Angeles pour des raisons familiales et Mina, en tant que stagiaire, devait le remplacer.

Or elle n'était pas là. Cameron, qui savait à quel point Mina tenait à ce stage, ne put s'empêcher de s'inquiéter. Et quand il vit la tendresse avec laquelle Spencer caressait la nuque de Brooke, son envie de voir Mina en fut décuplée, même s'il savait qu'il ne pourrait pas la toucher d'une manière aussi intime.

— Darryl ? insista-t-il. Tu sais où elle est ?

— Bah, c'est Mina, répondit Darryl en haussant les épaules. Personne ne sait jamais où elle est, pas même moi qui suis son frère jumeau.

Cameron regarda par la fenêtre. Le soleil printanier inondait la rue et les passants se pressaient, retournant au travail après leur pause déjeuner. Soudain, il l'aperçut : elle était là, au milieu de la foule, aussi belle qu'une déesse.

Sa peau claire, illuminée par les rayons du soleil, lui donnait un aspect presque surnaturel. Ses cheveux courts couleur ébène mettaient en valeur ses pommettes saillantes. Avec ses grands yeux verts et sa silhouette élancée, elle ressemblait à Audrey Hepburn. D'ailleurs, Cameron regardait souvent *Sabrina*, le film préféré de sa grand-mère, et il s'imaginait dans le rôle de Bogart, séduisant la femme qui, au début, le remarquait à peine.

Elle marchait d'un pas vif, les yeux pétillants et le visage souriant. Elle semblait enjouée et heureuse, et Cameron se demanda ce qui lui donnait une telle joie.

Égoïstement, il aurait aimé que ce soit lui, mais surtout, il espérait que ce n'était pas un autre homme.

Il craignit un instant qu'elle passe devant *Le Fix* sans s'y arrêter, mais elle finit par ouvrir la porte et fit irruption dans le bar, toujours aussi radieuse. Lorsque son regard croisa le sien, son cœur accéléra, mais ce n'était pas lui qu'elle cherchait.

— Tu es là ! s'exclama-t-elle en découvrant son frère. Pourquoi tu ne m'as pas envoyé de texto ? ajouta-t-elle en se dirigeant vers Darryl pour le prendre dans ses bras.

Elle prit une chaise libre et s'assit entre Darryl et Cameron.

— Je voulais te faire la surprise, bécasse, la taquina Darryl.

— Tu te moques de moi ? Papa et moi, on sait que tu dois venir depuis des mois. Ce n'est pas vraiment ce que j'appelle une surprise.

— Objection, votre honneur, fit Darryl en feignant une plaidoirie. J'aimerais rappeler à la Cour que la femme qui vient de rentrer avait l'air très surprise, au contraire.

— J'aimerais beaucoup savoir qui l'a convaincu de faire du droit ! soupira Mina d'un air faussement exaspéré.

— Je me suis convaincu tout seul, déclara Darryl en souriant.

— Exact ! répondit-elle avec un clin d'œil. J'aurais d'ailleurs deux mots à te dire...

Avant que Darryl ne poursuive cette joute verbale, Mina se tourna vers Cameron et Nolan pour les inclure dans la conversation.

— Bon, je n'ai pas beaucoup de temps, car je dois aller aider Brooke et Spencer, mais dites-moi de quoi vous étiez en train de parler. Il y a tellement de testostérone dans l'air qu'on la sent jusque dans la rue, plaisanta-t-elle.

— À ce point ? répondit Darryl. Mais d'abord, toi, dis-nous ce qui te rend si heureuse...

— Ça se voit tant que ça ?

— On dirait que tu as gagné au loto, commenta Cameron.

— Presque ! s'exclama-t-elle. Vous connaissez le studio de production au sud d'Austin ? Celui qui produit la websérie de Griffin ?

— Bien sûr ! répondirent Darryl et Cameron à l'unisson.

Ils connaissaient bien, en effet, ce studio de production dont les dirigeants étaient des habitués du *Fix* et qui avaient écrit une websérie populaire.

— Ils commencent à attirer des stars, reprit Mina. Beverly Martin a joué dans l'un de leurs épisodes et ils remportent plein de récompenses.

— On sait, déclara Cameron. Beverly s'est même inscrit au concours. Brooke était surexcitée d'avoir une star parmi les participants !

— Eh bien, devinez qui est la nouvelle assistante du directeur du développement ? demanda Mina avec un large sourire.

— Vraiment ? s'exclama Darryl en serrant sa sœur dans ses bras. C'est génial !

— N'est-ce pas ? Et comme l'entreprise est encore petite, je vais avoir une tonne de responsabilités.

— Ça veut dire que tu ne pars plus t'installer à Los Angeles ?

— Tu plaisantes, répondit Mina. Hollywood, c'est le

Graal absolu ! J'ai hâte d'y être. Mais je vais attendre d'avoir passé quelques années ici afin d'étoffer mon CV pour arriver là-bas avec un passeport pour le sommet.

— Félicitations, déclara Cameron.

Il prit à son tour Mina dans ses bras et sentit ses seins se presser contre lui. Aussitôt, il se détacha, craignant que son excitation ne lui donne une érection qu'il aurait été incapable de dissimuler. Dieu merci, Mina était trop focalisée sur la nouvelle qu'elle était en train d'annoncer pour remarquer son trouble.

— Merci ! répondit-elle. Je suis tellement heureuse. Je commence dans quelques semaines.

— Pourquoi pas tout de suite ? demanda Darryl.

— Parce que j'ai besoin d'une pause, soupira Mina comme si son frère venait de poser une question totalement stupide. Et aussi parce que je suis en train d'écrire cet article sur les techniques d'éclairage avec mon maître de stage pour un magazine de cinéma, et il nous reste encore pas mal de travail. Mais c'est en dehors de mes cours.

Elle fit une pause et regarda les trois garçons d'un air suffisant.

— Je vous annonce que j'ai officiellement terminé mes études et que j'ai obtenu mon diplôme en production cinématographique et sciences des médias !

Son frère et ses deux amis l'applaudirent, fiers et heureux pour elle.

— Bon, et vous ? reprit-elle lorsque le calme retomba. Qu'étiez-vous en train de vous raconter ?

— Rien de particulier, répondit Darryl. Nous faisions encore une fois l'éloge des testicules de Cameron, plaisanta-t-il.

— Darryl... intervint le barman en se sentant rougir de honte.

— Je suis sûre qu'elles sont parfaites, en effet, commenta Mina avec un clin d'œil à Cameron. Mais vous parlez toujours de ça quand vous êtes ensemble ? Parce que si c'est le cas, je ne veux plus jamais entendre une seule remarque sur le fait que moi, je parle anticernes et gommages exfoliants avec mes copines.

— J'essaie de convaincre Cameron de venir dans mon émission pour parler de sa participation au concours mercredi dernier.

— Génial ! s'exclama Mina. Personnellement, je suis certaine que tout ça cache quelque chose !

— C'est-à-dire ? fit Darryl.

— Il m'a dit qu'il participait juste pour s'amuser, mais je pense qu'il y a une femme là-dessous... Je me trompe ? demanda-t-elle à Cameron en posant sa main sur sa cuisse, penchée vers lui d'un air complice.

— Tu te trompes, répondit Cameron, le corps en éruption.

— Menteur ! Je suis persuadée que c'est beaucoup plus complexe que ça en a l'air, rétorqua Mina en faisant signe à Tiffany de lui apporter de l'eau, retirant du même coup sa main de la cuisse de Cameron.

— Qu'est-ce que tu veux dire ? demanda-t-il, déçu qu'elle ait coupé le contact physique.

— Tu sais très bien. Tu écris quelque chose de drôle sur tes abdos pour que les femmes du public te remarquent deux fois. D'abord pour rire, et ensuite, en se disant : « Wahou, ses abdos sont vraiment magnifiques ! » Non ?

Se penchant à nouveau vers lui, elle ouvrit deux

boutons de sa chemise au niveau de ses abdos et glissa sa main à l'intérieur. Sa paume chaude se pressa contre sa peau et le cœur de Cameron se mit à battre si fort qu'il craignit qu'elle s'en aperçoive.

— Franchement, la seule chose drôle dans tout ça, c'est que tu aies pu penser que ce torse ferait rire, déclara-t-elle avec un clin d'œil. Mais c'était de l'ironie, n'est-ce pas ?

Pendant une seconde, leurs yeux se rencontrèrent et la main de Mina s'arrêta sur le cœur de Cameron. Elle entrouvrit les lèvres et il vit dans ses yeux une lueur différente, plus chaleureuse. Aussitôt, elle retira sa main en riant et le charme s'évanouit. L'instant fut si fugace que Cameron se demanda s'il n'avait pas rêvé.

D'autant plus que Mina se remit à plaisanter avec Darryl et Nolan avec une indifférence totale envers Cameron, qui sentait encore la chaleur de sa main sur sa peau.

— J'ai raison, non ? reprit finalement Mina. C'est Cameron qui aurait dû gagner mercredi dernier.

Elle se tourna à nouveau vers lui.

— S'il a gagné, dit-elle en désignant Spencer qui venait d'être élu Mister Février, c'est uniquement parce qu'il est une star de télé-réalité.

— Pardon ? intervint Brooke en s'approchant, bras dessus bras dessous avec le principal intéressé. Cameron n'est pas mal, mais je peux vous garantir que Spencer n'a pas volé son titre, ajouta-t-elle avec un sourire chargé de sous-entendus.

— On ne veut rien savoir ! déclara Nolan en riant.

— De toute façon, pourquoi parlais-tu des abdos de mon mec ? demanda Brooke à Mina. Tu n'es pas censée rester silencieuse derrière la caméra ?

— Silencieuse ? s'exclama Darryl. Ma petite sœur n'a jamais été silencieuse de toute sa vie. Même quand nos parents lui demandaient de ranger sa chambre, elle trouvait quelque chose à redire.

— Petite sœur ? intervint Mina. Je n'ai que quinze minutes de moins que toi.

— C'est bien ce que je disais, crevette.

Mina lui répondit par une grimace et tout le monde se mit à rire. Tout le monde, sauf Cameron, qui observait Mina avec une attirance évidente.

— Bon, lança Spencer. Brooke et moi allons fixer la table au sol. Tu peux t'occuper de la deuxième caméra ?

— Bien sûr, répondit Mina en se levant pour se diriger vers la scène où se trouvait le matériel de tournage.

— Eh, Minette ! l'interpella Darryl en employant le surnom que Cameron lui avait donné et qu'elle détestait. Zachary sera avec moi ce soir, à la fête.

— C'est qui ce Zachary ? demanda Mina d'un air blasé.

— Un mec de ma promo qui fait la prochaine année avec moi à la Cour d'appel pour le cinquième circuit et qui doit ensuite intégrer une très grosse boîte à Los Angeles. Son oncle est le fondateur de l'un des gros studios de production de la ville et il veut faire du droit des médias. Il est super, je suis sûr qu'il va beaucoup te plaire.

Darryl avait été recruté récemment pour être assistant d'un juge au sein de l'une des cours d'appel fédérales pendant un an. Il ne savait pas ce qu'il ferait ensuite, mais Cameron comprit que son ami Zach avait, quant à lui, une carrière toute tracée.

— Tu crois que je vais me marier avec lui uniquement parce qu'il va bosser dans un studio de production ?

répondit Mina, comme si elle trouvait la remarque de son frère ridicule.

— Je n'ai pas dit ça, je le jure ! répondit Darryl, levant les mains en signe d'innocence. Mais comme dit papa, les relations les plus solides ont toujours un lien professionnel.

— Et toi, tu écoutes ce que dit un mec dont le mariage a été un échec ? En plus, maman n'a pas...

— Bon, les jumeaux, les interrompit Cameron, est-ce qu'on peut dire que votre père a de l'influence et passer à autre chose ? Parce que, je ne suis pas devin, mais à mon avis Brooke et Spencer vont finir par te virer si tu ne les rejoins pas tout de suite... Et Tyree risque de faire pareil avec moi si je vous laisse épouvanter tous les clients du bar.

— Tu es flic ? plaisanta Darryl.

— Je peux le devenir si ça vous empêche de vous chamailler, répondit Cameron en le regardant fixement.

— Tu as raison ! lança Mina.

Elle envoya un baiser à son frère qui le lui rendit, résigné, puis elle se dépêcha de rejoindre Spencer et Brooke.

En la regardant s'éloigner, Cameron s'en voulut de réussir à lui parler si facilement quand il s'agissait de lui faire des reproches, mais d'être incapable de lui avouer ce qu'il ressentait pour elle.

Je ne crois pas aux relations, mais je crois à la baise.

Pourquoi, me demandez-vous ? Bon sang, je pourrais écrire un bouquin. *Petit Guide vers le succès financier, émotionnel et professionnel.* Mais franchement, pourquoi s'embêter avec un livre alors que la thèse entière se résume à cinq mots : Ne vous engagez pas. Baisez.

Écoutez-moi bien.

Les relations, ça prend du temps, et quand vous essayez de lancer votre société, vous devez consacrer chaque heure de votre vie au travail. Vous pouvez me croire. Ça fait quelques mois que mes amis et moi avons créé Sécurité Blackwell-Lyon, et nous bottons des culs vingt-quatre heures sur vingt-quatre et sept jours sur sept. Missions, réunions, et développement d'une solide base de clients.

Nos engagements s'avèrent payants. Je vous garantis que notre tableau de service ne serait pas aussi bien rempli si je passais une grande partie de mon précieux temps de travail à répondre aux messages d'une petite amie qui manquerait de confiance et me demanderait pourquoi je ne lui envoie pas de sextos toutes les dix minutes. Alors, zappez les relations amoureuses et vous verrez vos affaires prospérer.

Et puis, les coups d'un soir n'exigent pas de cadeaux ni de fleurs. Un verre et un dîner, peut-être, mais de toute façon, il faut bien manger, non ? Un déjeuner gratuit, ça n'existe peut-être pas, mais on peut très bien baiser à l'œil.

En fait, ce sont les avantages émotionnels qui m'intéressent le plus. Pas besoin de marcher sur des œufs parce que madame est d'humeur casse-pied. Pas de piège parce qu'elle exige de savoir pourquoi j'ai préféré la soirée poker au dernier mélo à l'eau de rose avec un acteur métrosexuel bronzé coiffé d'un chignon. Pas d'inquiétude à se demander si elle se tape un autre type quand elle ne répond pas à ses messages.

Et surtout, finis les gouffres abyssaux de chagrin quand elle rompt vos fiançailles deux semaines avant le mariage parce que, tout compte fait, elle ne sait plus trop si elle vous aime.

Non, je ne suis pas amer. Plus maintenant.

Mais je suis lucide.

La vérité, c'est que j'aime les femmes. Leur rire. La sensation de leur corps. Leur parfum.

Je prends mon pied en leur procurant du plaisir. Quand elles se liquéfient dans mes bras et me supplient de leur en donner plus.

Je les aime, certes. Mais je ne leur fais pas confiance. Et je ne me ferai pas baiser une seconde fois.

Pas comme ça, en tout cas.

Alors voilà. C.Q.F.D.

Je ne fais pas dans les relations. J'ai des histoires d'un

soir. Je mets un point d'honneur à offrir à chaque femme qui partage mon lit l'aventure de sa vie.

Mais c'est un chemin à sens unique et je ne reviens pas en arrière.

C'est ma façon de faire. J'ai arrêté les relations il y a longtemps.

Alors, quand je me gare devant le Thym, ce nouveau restau à la mode dans le quartier huppé de Tarrytown, à Austin, et que je remets mes clés au voiturier, je m'attends à la procédure habituelle. Des bavardages sans conséquence. Quelques apéritifs. Un peu trop d'alcool et l'adrénaline qui l'accompagne. Puis un saut dans mon appartement du centre-ville pour un peu d'action en milieu de semaine.

Or, au lieu de ça, je tombe sur *elle*.

BLACKWELL-LYON SÉCURITÉ
Nos adorables mensonges
Nos drôles de jeux
Nos belles erreurs
Nos plus beaux rôles

À PROPOS DE L'AUTEUR

J. Kenner (alias Julie Kenner) est une auteure de best-sellers internationaux figurant aux classements des journaux *New York Times*, *USA Today*, *Publishers Weekly* et *Wall Street Journal*. Elle a écrit plus d'une centaine de romans, de romans courts et de nouvelles dans toutes sortes de genres littéraires.

Selon *Publishers Weekly*, JK est une auteure qui a un « don pour le dialogue et la création de personnages excentriques », et le *RT Bookclub* estime qu'elle a su « répondre aux besoins du marché en créant des antihéros scandaleusement attirants et dominateurs, et des femmes qui fondent pour eux. » Six fois finaliste de la prestigieuse récompense RITA (*Romance Writers of America*), JK a remporté son premier trophée RITA en 2014 pour son roman *Claim Me* (tome 2 de sa trilogie *Stark*) et le second en 2017 pour son roman *Wicked Dirty*. Elle a vendu des millions de livres, publiés dans plus de vingt langues.

Au cours de sa précédente carrière, JK a exercé comme avocate en Californie du Sud et au Texas. Elle vit actuellement dans le centre du Texas, avec son mari, ses deux filles et deux chats plutôt lunatiques.

Visitez son site web www.juliekenner.com pour en savoir plus et pour entrer en contact avec JK sur les réseaux sociaux !

J. Kenner Facebook Page
Facebook Fan Group
Newsletter

www.jkenner.com